Obras-primas da Literatura
Infanto-Juvenil

1. AS AVENTURAS DE PINÓQUIO - *História de um Boneco* - Carlo Collodi
2. AVENTURAS DE ALICE NO PAÍS DAS MARAVILHAS - Lewis Carrol

AVENTURAS DE ALICE
NO PAÍS DAS MARAVILHAS

Obras-primas da Literatura
Infanto Juvenil

VOL. 2

Ilustrações em preto
John Tenniel

Capa e ilustrações a cores
Roberta Angeletti

Tradução de
Eugênio Amado

VILLA RICA
BELO HORIZONTE
Rua São Geraldo, 53 — Floresta — Cep. 30150-070
Tel.: 3212-4600 — Fax: 3224-5151
e-mail: vilaricaeditora@uol.com.br
Home page: www.villarica.com.br

LEWIS CARROL

AVENTURAS DE ALICE NO PAÍS DAS MARAVILHAS

VILLA RICA
Belo Horizonte

2006

Direitos de Propriedade Literária adquiridos pela
VILLA RICA EDITORAS REUNIDAS LTDA
Belo Horizonte

Impresso no Brasil
Printed in Brazil

ÍNDICE

I

Aventuras de Alice
No País das Maravilhas

Ociosamente deslizamos
Sob um sol de raios dourados.
Os remos mal tocam as águas,
por braços frágeis manejados.
Sem rumo certo ou direção,
por eles nós somos guiados.

E eu que pensava estar sozinho,
buscando minha inspiração
para uma história bem ligeira,
súbito, sinto a intromissão
de trio arrogante e cruel,
que me impõe sua direção.

Prima começa dando as ordens:
"Vamos, já é hora de iniciar!"
Secunda ordena em complemento
disparates acrescentar,
e, enquanto a história vai surgindo,
Tertia não pára de apartear.

No silêncio que se sucede,
brota a história da Fantasia:
por uma terra muito estranha,
tomando o Sonho como guia,
uma criança vai seguindo,
durante um quente e longo dia.

A história, aos poucos, se encaminha
para um inesperado fim,

e o próprio autor não poderia
imaginar que fosse assim.
E o trio, será que aprovou?
Sorrindo, as três dizem que sim.

Podemos por fim regressar
da viagem ao tal país.
A barca desliza ligeira,
e a tripulação ri, feliz,
esquecendo remos e leme:
não naufragou por um triz!

Alice! Uma história infantil,
fruto de um sonho delirante,
que provém das recordações
de uma época fascinante,
a Infância: grinalda de flores
colhidas num país distante.

VOTOS DE FELIZ NATAL

(de uma fada para uma menina)

Queridinha, quando as fadas
deixam de proceder mal
e de agir como malvadas,
saiba: é tempo de Natal!

Cada elfo, cada duende
abandona a traquinagem
e em sua mente se acende
a luz da antiga Mensagem.

A paz então prometida
aos homens foi, na verdade,
a todo ser estendida,
havendo boa vontade.

Brota em todos a esperança,
o sentimento cordial;
por isso, para a criança,
sempre é tempo de Natal!

Esquecendo as ações más,
eu lhe desejo, querida,
que um natal de muita paz
se estenda por sua vida.

Capítulo 1

Enfiando-se pela Toca do Coelho

Alice começa a sentir-se cansada de ficar sentada ali, naquele banco de jardim, ao lado de sua irmã, sem nada ter para fazer. Uma ou duas vezes tinha tentado espiar o livro que a mana estava lendo, mas nele não havia figuras, nem mesmo diálogos, e ela pensou: "Para que serve um livro sem desenhos e sem conversas?"

Reunindo o melhor que pôde seus pensamentos (e foi difícil, pois um dia quente como aquele costumava fazê-la sentir-se pesada e lerda), tentou imaginar se o prazer que teria em compor uma guirlanda de margaridinhas compensaria o esforço de colher as flores, quando, de repente, um Coelho Branco de olhinhos cor-de-rosa passou correndo bem perto dela.

Aquilo não lhe pareceu nada espantoso, nem mesmo quando ela escutou o Coelho murmurar para si próprio: "Ai, ai, ai! Estou atrasadíssimo!" (Pensando nisso tempos depois, ela achou que deveria ter ficado muito espantada com aquilo; naquele instante, porém, o fato lhe pareceu inteiramente natural). Foi então que o Coelho tirou um relógio do bolso do colete, olhou as horas e disparou a correr, dessa vez seguido por Alice, em cuja mente relampejou a idéia de que ela jamais havia visto um coelho vestindo colete, e muito menos um que tirasse do bolsinho um relógio. Ardendo de curiosidade, saiu correndo pelo campo atrás dele, e foi desse modo que pôde vê-lo enfiar-se num buraco cavado sob a cerca.

Sem pensar duas vezes, Alice entrou naquela toca atrás do bichinho, sem se preocupar em como faria para sair dali.

A toca do coelho era plana e estreita no início, como se fosse um túnel, mas, subitamente, se transformava numa descida vertical, e tão subitamente, que Alice não teve tempo de parar e se precipitou em queda livre naquilo que parecia ser um poço muito, muito fundo.

Fosse por causa da profundidade do poço, fosse porque ela estava caindo bem devagar, o fato é que Alice teve tempo suficiente para observar o que havia a seu redor, sem contudo imaginar o que estava para acontecer em seguida. A princípio, tentou olhar para baixo, a fim de ver o que haveria lá no fundo, mas nada viu senão uma completa escuridão. Pôs-se então a olhar para os lados, notando que as paredes do poço eram revestidas de estantes e prateleiras. Aqui e ali havia mapas e gravura pendurados. Ao passar por uma prateleira, agarrou um pote que trazia escrito no rótulo: *GELÉIA DE LARANJA*. Qual não foi seu desapontamento ao ver que estava

vazio! Teve vontade de atirá-lo para baixo, mas desistiu da idéia, temendo machucar seriamente alguém que estivesse lá no fundo. Assim, ao passar por uma prateleira vazia, deixou-o ali.

"Bem", pensou, "depois de uma queda dessas, perdi definitivamente o medo de cair da escada. Afora, todo mundo lá de casa vai me achar muito corajosa! E não vou revelar meu segredo, mesmo que caia lá de cima do telhado!"(E ela realmente estava acreditando naquilo que dizia).

E Alice continuava caindo, caindo, caindo. Será que aquele poço não teria fim? "Quantas milhas terei percorrido até agora?", perguntou-se, em voz alta. "Devo estar quase atingindo o centro da Terra. Se for assim, já percorri umas quatrocentas milhas!"(Como se pode ver, Alice tinha aprendido muitas coisas na escola, mas não achou que aquele momento fosse dos mais apropriados para exibir seus conhecimentos, já que não havia pessoa alguma que a pudesse escutar. Mesmo assim, continuou falando, apenas para se exercitar). "Sim, devo ter percorrido essa distância, mas não sei em qual latitude e em qual longitude eu me encontro neste momento..." (Alice não tinha a menor idéia do que significavam essas duas palavras, mas achou que elas eram belas e imponentes para a ocasião).

Depois de uma pausa, recomeçou a pensar em voz alta: "E se eu estiver atravessando a Terra, de um lado para o outro? Deve ser bem divertido chegar a um lugar onde as pessoas andam de cabeça para baixo. Como é mesmo o nome delas? Acho que é "*antípatas*". (Dessa vez, Alice ficou satisfeita de não haver pessoa alguma pelas imediações, pois desconfiou que aquela não seria a palavra correta). "Mas isso não importa. O que tenho a fazer é perguntar o nome da terra aonde fui parar. Dirijo-me a uma senhora e lhe digo: Por favor, madame, aqui por acaso será a Nova Zelândia? Ou quem sabe estou na Austrália?"(e tentou curvar-se cortesmente, fazendo uma mesura enquanto falava. É bem curioso ver as tentativas de curvar-se de alguém que está descendo em queda livre! Acham que Alice conseguiu?) "Se eu fizer uma pergunta dessas, a senhora irá pensar que não passo de uma garotinha muito ignorante! É, acho que o melhor será ficar calada e ver se enxergo o nome do país, escrito em algum lugar".

E lá veio ela caindo, caindo, caindo. Como nada mais havia para fazer, continuou a conversar consigo mesma. "Acho que, hoje à noite, vou sentir muito a falta da Diná" (Esse era o nome de sua gata). "Espero que se lembrem de lhe dar leite. Ah, querida Diná, como eu queria tê-la aqui comigo! Sei que não há camundongos no ar, mas você poderia pegar um morcego, quem sabe? Os morcegos são bem parecidos com os ratinhos, não são? Há uma coisa que eu gostaria de saber: será que os gatos comem morcegos?"

Nesse momento, começou a sentir-se muito sonolenta; mesmo assim, continuou a repetir aquela pergunta: "Será que os gatos comem morcegos? Gatos comem morcegos?", e, às vezes, se confundia, dizendo: "Será que os morcegos comem gatos?". E como não sabia responder nem uma, nem outra pergunta, pouco importava a maneira como ela era dita.

Ela mesma sentiu que estava cochilando. No sonho que teve, caminhava de mãos dadas com Diná, e ambas conversavam amistosamente. No momento em que ela perguntou à gata: "Diga-me a verdade, Diná, você já comeu morcego alguma vez?", ouviu-se um "puff!", e Alice afundou num monte de talos de capim e de folhas secas. Foi o fim da queda.

A menina não estava nem um pouquinho machucada. Assim, logo em seguida, pôs-se de pé, olhando para cima, a fim de saber de onde tinha vindo. Apenas enxergou a escuridão. Olhando então para a frente, avistou um corredor comprido e, lá no fundo, o Coelho Branco, sempre apressado. Não havia um minuto a perder, e lá se foi ela, veloz como o vento, a tempo de ouvi-lo murmurar, quando dobrou uma quina: "Pelas minhas orelhas! Pelos meus bigodes! Como está ficando tarde!" Ela estava quase alcançando o Coelho; porém, quando dobrou a mesma quina e entrou no corredor lateral por onde ela se enfiara, já não mais o avistou. Notou então que se achava num salão comprido e baixo, iluminado por uma fileira de lâmpadas que pendiam do teto.

O salão era todo rodeado de portas, mas todas estavam fechadas. Alice experimentou uma por uma, sem conseguir abri-las: estavam trancadas a chave. Tomada de tristeza, caminhou para o meio do salão, perguntando-se como faria para sair daquele lugar.

— "Pelas minhas orelhas! Pelos meus bigodes! Como está ficando tarde!"

Cap.1, pág. 16

Foi então que se deparou com uma mesinha de três pernas, com tampo de vidro, só havia uma coisa em cima dela: uma chavezinha dourada. Sua primeira idéia foi a de que aquela chave poderia abrir uma das portas, e tratou de experimentá-la. Infelizmente, a chave não servia: era muito pequena para os buracos de fechadura ou os buracos de fechadura eram muito grandes para ela; não importa — o fato é que ela não abria nenhuma daquelas portas. Entretanto, examinando as paredes do salão pela segunda vez, Alice notou a existência de uma cortina que não tinha visto antes. Abrindo-a, viu que atrás dela havia uma portinha de apenas umas quinze polegadas de altura (38cm). Enfiou a chave na fechadura e, para sua grande satisfação, ela serviu.

Alice abriu a porta e viu que ela dava para um corredorzinho estreito, não mais largo que um buraco de rato. Ajoelhando-se, olhou através dele e viu lá no fundo um jardinzinho deveras encantador. Que vontade sentiu de sair daquele salão mal-iluminado e poder passear por entre os canteiros de lindas flores e as fontes de água fresca! Mas como, se ela sequer conseguia enfiar a cabeça naquele corredor estreito? "E mesmo que eu conseguisse enfiar a cabeça", pensou ela, desconsolada, "de que me serviria, se meus ombros teriam de ficar do lado de fora? Ah, bem que eu queria poder encolher como um telescópio! Talvez até possa, só que não sei como começar..." (Como se pode ver, estavam acontecendo, nos últimos tempos, tantas coisas espantosas, que quase nada lhe parecia ser impossível).

Como não valia a pena ficar ali parada diante do corredorzinho estreito, ela voltou até a mesa, esperançosa de encontrar sobre o tampo uma outra chave, ou quem sabe um livro ensinando como se devia fazer para encolher igual um telescópio. Mas o que ela viu sobre a mesa ("e que certamente não estava aqui agorinha mesmo", pensou) foi uma garrafa, tendo preso ao gargalo um papelão, no qual estava escrito: "BEBA-ME", em letras desenhadas com grande capricho.

O simples fato de estar escrito "BEBA-ME" naquele papelão não seria suficiente para fazer Alice despejar o conteúdo da garrafa pela goela abaixo. "Não, senhor; primeiro, tenho de dar uma olhada pelo rótulo desta garrafa", disse ela, "e ver se existe ou não a indicação de VENENO". (Ela tinha lido algumas histórias terríveis sobre crianças que tinham sido queimadas, ou devoradas por feras, ou que tinham padecido castigos horrendos, apenas por não terem seguido umas regrinhas bobas, que seus amigos lhes tinham ensinado, como, por exemplo, não ficar segurando durante longo tempo um atiçador de lareira, enquanto se espalha as brasas, pois tal imprudência pode levar a pessoa a sofrer queimaduras; ou não descascar frutas displicentemente com uma faca, correndo o risco de se ferir; ou um aviso que ela jamais esqueceu: quem bebe do conteúdo de uma garrafa que traz a indicação de "veneno", é quase certo que, mais cedo ou mais tarde, acabe passando muito mal).

Mas como aquela garrafa não continha qualquer alerta nesse sentido, Alice arriscou-se a provar o seu conteúdo, que era de sabor bastante agradável (uma mistura de suco de cereja, creme, abacaxi, peru assado, caramelo e torradinhas amanteigadas). Assim, de uma golada, ela bebeu tudo.

DRINK ME

"Que sensação curiosa!", murmurou Alice. "Sinto que estou encolhendo como se fosse um telescópio!"

E era isso mesmo o que estava acontecendo. Ela agora estava com apenas dez polegadas de altura (25 cm). Seu semblante animou-se ante a idéia de que o novo tamanho lhe permitiria entrar pela portinhola e seguir pelo corredor estreito até alcançar o jardim encantador. Antes de passar por ali, porém, ela esperou algum tempo, para ver se continuava a encolher. A espera deixou-a um pouco nervosa. "Posso encolher até sumir", pensou, "ou então derreter, como se fosse uma vela. E aí, que vai ser de mim?" Tentou então imaginar como ficaria uma vela que se derretesse inteiramente, mas não se lembrou de jamais ter visto alguma da qual não tivesse sobrado pelo menos um toquinho.

Passado algum tempo, vendo que nada mais acontecia, resolveu seguir até o jardim. Pobrezinha: quando chegou junto à portinhola, lembrou-se de que não tinha a chave consigo. Voltando à mesa de vidro para apanhá-la, viu que não conseguia alcançar o tampo. Através do vidro, avistou a chave dourada e tentou escalar uma das pernas da mesa para chegar até o alto. Impossível: a perna era muito escorregadia. Por fim, cansada, a pobre Alice sentou-se no chão e chorou amargamente.

"Ora, por que ficar chorando assim?", disse para si própria, com voz zangada. "Dentro de um minuto, não quero vê-la chorando mais!"

Ela costumava dar-se excelentes conselhos (embora raramente os seguisse). Às vezes, passava em si própria reprimendas tão severas, que chegava a ficar com os olhos cheios de lágrimas. De certa feita, chegou a puxar suas próprias orelhas, por ter roubado num jogo de croque, que disputava contra ela mesma. De fato, aquela garota curiosa gostava de fingir que era duas pessoas ao mesmo tempo. "Mas não agora", pensou. "Como posso ser duas, se o que me sobrou mal dá para formar uma pessoa inteira?"

Nesse momento, sua atenção foi atraída para uma caixinha de porcelana que estava embaixo da mesa. Abriu-a e encontrou dentro dela um bolinho que tinha escrito na casca, em letra cursiva, "COMA-ME". "É o que vou fazer", disse ela, "e espero que, com isso, volte a crescer, para poder pegar a chave. Por outro lado, se, em vez de crescer, eu diminuir de tamanho, poderei passar por debaixo da porta. De um modo ou de outro, acabarei chegando ao jardim; por isso, pouco importa de que maneira o farei."

Comeu um pedacinho e ficou perguntando a si própria: "Que vai acontecer? Que vai acontecer?", enquanto apalpava a cabeça, para ver se estaria crescendo. Para sua surpresa, porém, permaneceu do mesmo tamanho. De fato, isso é o que acontece geralmente com as pessoas, depois que comem um bolinho. No caso de Alice, porém, ela já estava tão acostumada a presenciar acontecimentos surpreendentes, que chegou a sentir decepção quando viu que as coisas estavam ocorrendo da maneira normal.

Por via das dúvidas, porém, acabou comendo o bolinho inteiro.

Capítulo 2

O Lago de Lágrimas

"Espantoso espanto!", gritou Alice (e sua surpresa era tamanha, que por um momento se esqueceu de falar com elegância e correção). "Agora estou espichando, como se fosse um telescópio de tamanho anormal! Adeus, meus pezinhos!"(disse isso porque, olhando para os pés, quase não os enxergou, de tão distantes que estavam). "Oh, meus pobres pezinhos, como poderei calçar meias e sapatos, agora que vocês estão tão longe de minhas mãos? Vocês estão fora do meu alcance! Tão distantes ficaram, que nem poderei guiá-los para onde eu quiser! Vocês é que irão escolher o caminho que seguirão. Mesmo assim, devo ser gentil com meus queridos pezinhos", pensou, "porque, afinal de contas, não quero que caminhem para um lado diferente do que quero ir. Que fazer? Já sei: vou dar-lhes de presente um par de botinas novas, sempre que chegar o Natal."

Começou a planejar um modo de presentear seus próprios pés. "Vou ter de enviar o presente pelo correio", pensou. "É, vai ser muito engraçado mandar um presente para seu pé. Posso até imaginar como terei de endereçar o pacote:

Exmo. Sr.
Pé Esquerdo de Alice
Tapete da Sala, perto da Lareira
Atenciosamente, Alice.

Gente, gente, quanta bobagem estou dizendo!"

Nesse momento, sua cabeça bateu no teto do salão. Ela então já estava com mais de nove pés de altura (2,74m). Antes que aumentasse mais ainda, tratou de pegar a chave dourada e se dirigiu para a portinhola que dava para o jardim.

Pobre Alice! Agora, o máximo que podia fazer era ficar deitada de lado, olhando para o jardim com um olho só! Quanto a entrar pelo corredor estreito, isso ficara ainda mais difícil do que antes. Voltando a sentar-se no chão, ela desatou a chorar.

"Você devia se envergonhar!" ralhou. "Onde já se viu, uma menina grande assim" (e nisso ela tinha toda a razão) "chorando feito um bebezinho! Pare com isso, e já!" Mas de nada adiantaram suas palavras, e ela continuou vertendo litros e litros de lágrimas, até formar uma lagoa a seu redor, espalhando-se pela metade do salão e alcançando quatro polegadas (10 cm) de profundidade.

Passado algum tempo, ela escutou um barulho de passos à distância. Enxugando rapidamente os olhos, viu o Coelho Branco, que vinha de volta, vestido a rigor, segurando numa das mãos um par de luvas de pelica brancas, e na outra um leque. Como sempre, estava com pressa e murmurava para si mesmo, enquanto caminhava: "Oh, a Duquesa! A Duquesa! Se ela tiver de me esperar, vai ficar muito furiosa!"

Alice estava tão desesperada, que não se importava de pedir ajuda a quem quer que fosse. Assim, quando o Coelho chegou mais perto, ela pediu, com voz tímida: "Por favor, cavalheiro..."

O Coelho estacou subitamente, deixando cair as luvas de pelica e o leque das mãos, e tratou de fugir em disparada, desaparecendo na escuridão. Alice apanhou do

chão o leque e as luvas e, como o salão estava muito quente, começou a se abanar, ao mesmo tempo que dizia: "Ah, meu Deus, como tudo está esquisito hoje! Quem diria que ontem tudo corria de maneira absolutamente normal! Que terá acontecido comigo durante a madrugada? Seria eu a mesma Alice de sempre, hoje de manhã? Creio que estava me sentindo ligeiramente diferente. Porém, se não sou a mesma, fico a me perguntar: então, quem é que eu sou? Essa é a grande questão!"

E começou a repassar no pensamento todas as conhecidas que tinham a sua idade, na tentativa de ver se porventura poderia ter-se transformado em uma delas. "Estou certa de que não sou a Ada", comentou, "porque, nesse caso, eu estaria com o cabelo todo cacheado, e não estou. Também não posso ser a Mabel, porque sei um monte de coisas, enquanto ela — coitada! — quase nada sabe. Além disso, ela é ela, e eu sou eu, e — gente, que confusão! Vamos ver se realmente continuo sabendo tudo que eu sabia até ontem. Lá vai: quatro vezes cinco são doze, e quatro vezes seis são treze, e quatro vezes sete — ih, desse jeito jamais conseguirei chegar a vinte! Deixemos de lado a tabuada, e vamos para a Geografia. Londres é a capital de Paris, e Paris é a capital de Roma, e Roma — oh, não! Está tudo errado! Não é nada disso! Acho que me transformei na Mabel! Vamos ver se ainda consigo recitar a poesia do crocodilo" — e, cruzando as mãos sobre o regaço, como se estivesse recitando uma lição, começou a declamar a poesia, mas sua voz soava rouca e estranha, e as palavras pareciam um pouco diferentes das que ela geralmente costumava dizer. O fato é que a poesia acabou ficando assim:

Segue a nadar o crocodilo
que há horas não come,
agitando as águas do Nilo:
quer matar a fome.

Vendo um cardume, ele sorri:
"Que peixinhos lindos!
Entrem na boca, nesta aqui,
e sejam bem-vindos!"

"Estou certa de que as palavras não são exatamente essas", lamentou-se Alice, enquanto seus olhos de novo se enchiam de lágrimas. "É, devo ter virado a Mabel! E agora, que será de mim? Terei de morar naquelas casa desconfortável, sem brinquedos para me divertir, e isso sem falar nas tantas lições que vou ter de aprender! E se eu for de fato a Mabel, melhor será que fique por aqui mesmo. Já pensou como vai ser quando meu pessoal puser a cabeça na boca da toca e disser: — Volte para cima, querida! — e eu olhar para eles e responder: — Mas quem sou eu? Digam-me quem sou, para que eu saiba se devo ou não subir e atender o chamado. Ai de mim!", disse Alice entre lágrimas, "bem que queria escutar alguma voz me chamando... Estou tão cansada de ficar aqui embaixo sozinha..."

Logo depois de dizer isso, olhou para as mãos e ficou surpresa de notar que, sem se dar conta, tinha calçado uma das luvas do Coelho. "Ué! Como pode ser isso? Se a luva coube em mim, devo ter ficado pequena de novo!"

Ficando de pé, seguiu até a mesa de vidro, a fim de comparar sua altura com a dela. Viu então que, de fato, agora estava medindo dois pés (61 cm), e que continuava a diminuir a olhos vistos. Desconfiando de que a causa fosse o fato de o leque estar aberto, tratou de fechá-lo: foi a conta de paralisar a diminuição e evitar que acabasse por desaparecer.

"Ufa! Por pouco!", exclamou, assustada com a redução de tamanho, mas satisfeita por ter conseguido manter-se viva. "E agora, para o jardim!"

Disparou em direção da portinhola, que, por azar, tinha sido fechada de novo. A chave continuava em cima da mesa de vidro, onde ela não a poderia apanhar. "Em vez de melhorar, as coisas pioraram", pensou ela. "Estou menor do que antes, e isso não é nada, nada bom!..."

Ao dizer isso, escorregou e — sphash! — caiu num lago de água salgada, que lhe chegava até à altura do queixo. A primeira idéia que lhe veio foi a de ter caído no mar. "Neste caso, posso voltar para casa de trem", pensou. (Alice tinha ido uma vez na vida ao litoral, e guardara daquela visita a impressão de que todas as praias seriam iguais, com suas barracas de trocar de roupa, crianças cavando a areia com pazinhas de madeira, uma fileira de casas de aluguel e, ao longe, a estação de trem). Logo compreendeu, porém, que aquele "mar" era o lago formado pelas lágrimas que ela havia vertido quando estava medindo nove pés de altura.

"Por que eu tinha de chorar tanto?", perguntou-se, enquanto nadava, tentando achar um meio de sair daquele lago. "E este é o meu castigo: afogar-me em minhas próprias lágrimas! Um castigo bem estranho, sem dúvida, mas está tudo tão esquisito hoje!"

Nesse momento, ela escutou o som de um corpo que caía no lago, não longe dali. Nadou em direção ao lugar de onde havia saído o barulho, para descobrir que animal seria, imaginando tratar-se de uma morsa, ou mesmo de um hipopótamo, quando se lembrou de que estava muito pequenina, descobrindo, pouco depois, que todo aquele escarcéu tinha sido causado por um simples camundongo. Ele deveria ter escorregado, do mesmo modo que ela, e caído no lago de lágrimas.

"Devo ou não dirigir-me a esse camundongo?", pensou. "Da maneira como hoje está tudo tão esquisito, é bem provável que ele saiba falar. Não custa, ao menos, tentar. E ela então dirigiu-se ao camundongo, dizendo:"

— Ó Rato, acaso sabes um modo de sair deste lago? Estou cansada de ficar nadando aqui, ó Rato!

Imaginou que aquela era a melhor maneira de se dirigir a um roedor, coisa que nunca tinha feito antes, mas é que se lembrava de ter lido uma lição de Latim no livro de seu irmão, e a tradução dizia: "Um rato; do rato; ao rato; pelo rato; o rato; ó rato; *ó rato*". Quanto ao camundongo, ficou olhando para ela com curiosidade e, num certo momento, pareceu piscar-lhe um olho, mas nada respondeu.

"Talvez ele não entenda minha língua", pensou Alice. "Quem sabe não seria um rato francês, que teria vindo para cá com Guilherme, o Conquistador?"(Apesar de todo o seu conhecimento de História, Alice não tinha uma noção muito clara dos séculos que a separavam de Guilherme, o Conquistador.)

Resolveu então dirigir-se ao camundongo em francês, dizendo-lhe:

— Où est ma chatte?

Essa era a primeira frase do livro de Francês. Ouvindo-a, o Camundongo começou a agitar-se nervosamente, tomado de um súbito estremecimento.

— Oh, queira desculpar-me — disse Alice, receosa de ter ferido os sentimentos do pobre animalzinho. — Esqueci-me inteiramente de que você não aprecia gatos!

— E não aprecio mesmo! — exclamou o Camundongo, em voz estridente e zangada. — Se você fosse eu, seria amiga dos gatos?

— Provavelmente não — respondeu ela, em tom apaziguador. — Não fique zangado só por causa disso. Apesar de tudo, bem que eu gostaria de apresentar-lhe minha gata Diná. Ah, se a conhecesse! Certamente mudaria sua opinião em relação aos gatos. Ela é tão gentil, tão fofinha!

Continuando a falar mais para si própria do que para o Camundongo, enquanto boiava preguiçosamente no lago, a menina disse:

— Precisa ver como ela fica ronronando ao pé do fogo, enquanto lambe as patinhas e os bigodes! Como é bom acariciar seu pêlo macio! E ela é uma danadinha, quando se trata de caçar ratos... oh, perdão! — interrompeu Alice, enquanto o Camundongo ficava todo arrepiado, mostrando o quanto aquele assunto o deixava ofendido. — Já que você prefere assim, não vamos tocar mais nesse assunto.

— Não vamos! — vociferou o Camundongo, tremendo dos pés à cabeça. — Como se eu estivesse falando nisso! Toda a minha família sempre odiou gatos, essas criaturas nojentas, grosseiras, vulgares! Não me repita esse nome, por favor!

— Prometo que não! — apressou-se Alice a dizer, desejosa de mudar o rumo daquela conversa. — Você... é, você... gosta... e, gosta... de cães?

O Camundongo nada respondeu, e ela continuou, tentando puxar assunto:

— Oh, ratinho querido, não se vá! Volte, peço-lhe. Não vamos falar mais de gatos ou de cães, já que você não gosta desses assuntos!

Ouvindo isso, o Camundongo parou de espadanar água e voltou para a direção de Alice, nadando vagarosamente. Estava pálido, com uma voz trêmula, que refletia sua emoção. E ele falou:

— Vamos até a margem, para que eu lhe conte minha história. Você vai compreender por que é que odeio gatos e cães.

Já era tempo de sair dali, pois o lago estava ficando repleto de aves e outros animais que tinham caído nele: um pato, um dodo, uma arara e um filhote de águia, além de diversas criaturas bizarras. Alice nadou à frente, seguida pelos demais, e logo todo o bando deixava o lago, ganhando a margem.

Capítulo 3

Uma Corrida Sem Lei e Uma História Comprida

Era de fato estranho aquele bando que se reunia à margem do lago: aves, escorrendo água pelas penas, e quadrúpedes, de pêlos encharcados, todos molhados, irritados e sentindo-se desconfortáveis.

O primeiro problema a ser resolvido era o da secagem de seus corpos. Para discutir o assunto, resolveram realizar uma conferência ali mesmo. Para Alice, nada mais natural que estar entre animais, conversando com eles tranqüilamente, como se jamais tivesse feito outra coisa na vida. E assim foi que ela e a Arara entabularam uma conversa muito comprida. A ave acabou ficando zangada e não parava de repetir: "Sou mais velha que você; por isso, conheço a vida muito mais." Para tirar a limpo se isso seria ou não verdade, Alice insistia em saber qual a idade da Arara, o que ela positivamente se recusava a revelar. Desse modo, nada mais havia a dizer.

Por fim, o Camundongo, que parecia ser uma criatura dotada de certa liderança entre eles, ordenou com firmeza:

— Sentem-se todos e tratem de me escutar. Vou providenciar para que, em breve, todos estejam completamente secos!

Ouvindo isso, sentaram-se todos, formando uma roda em torno do camundongo. Alice mantinha os olhos fixos nele, pois estava certa de que iria pegar um resfriado, caso não se secasse logo.

— Ham! — pigarreou o Camundongo, com ar importante. — Estão todos prontos? Preparados para a secagem? Silêncio, por favor! Ouçam essas palavras secantes: Guilherme, o Conquistador, cuja causa era apoiada pelo Papa, logo foi aceito pelos ingleses, que ansiavam por um chefe, e que ultimamente já até estavam acostumados à usurpação e à conquista. Edwin e Morcar, que eram conde de Mércia e da Nortúmbira...

— Ai, ai, ai! — guinchou a Arara, arrepiando as penas.

— Perdão, senhora? — interrompeu o Camundongo, de cenho franzido, mas com polidez. — Disse alguma coisa?

— Eu não! — respondeu a Arara, com ar petulante.

— Pensou que tivesse dito — disse o Camundongo. — Bem vamos prosseguir. Edwin e Morcar, condes de Mércia e da Nortúmbira, declararam-se a seu favor, e até mesmo Stigand, o patriótico arcebispo da Cantuária, achava ser de bom alvitre...

— Achava o quê?! — perguntou o Pato.

— Achava ser — respondeu o Camundongo, irritado. — Naturalmente você deve saber bem o que significa "ser".

— Claro que sei — replicou o Pato, — especialmente quando cato no chão algum ser. Ora se trata de uma rã, ora de uma verme. A questão não é essa, e sim a seguinte: o arcebispo fulano achava ser o quê?

O Camundongo preferiu não prosseguir com o diálogo, voltando imediatamente a narrar sua história.

— ... achava ser de bom alvitre acompanhar Edgar Atheling, seguindo ao encontro de Guilherme, a fim de lhe oferecer a coroa. Com efeito, a conduta de Guilherme tinha sido, até então, bastante razoável. Mas a insolência dos normandos... Então, querida, como está se sentindo? — perguntou, dirigindo-se à Alice.

— Molhada, como antes — respondeu ela, tristemente. — Sua história não está conseguindo secar meu vestido.

— Já que é assim — disse o Dodo, erguendo-se, — proponho que esta reunião seja adiada, em virtude da necessidade de imediata adoção de medidas mais enérgicas.

— Fale língua que se entenda! — reclamou o filhote de águia. — Não conheço o significado desses palavrões, e, o que é pior, acho que você também não sabe o que eles significam.

Dizendo isso, o filhote de águia enfiou a cabeça sob as penas, querendo esconder um sorriso. Outras aves, porém, menos discretas, mal disfarçaram seus sorrisos, fungando descaradamente.

— O que eu estava querendo dizer — prosseguiu o Dodô, com ar ofendido — era que a melhor maneira de nos secarmos seria participando de uma "corrida-sem-lei".

— Que corrida é essa? — perguntou Alice, não que quisesse de fato saber, mas apenas porque o Dodô tinha feito uma pausa proposital, esperando aquela pergunta que ela só formulou depois de ver que os outros animais se mantinham em completo silêncio.

— A melhor maneira de explicar é praticando — respondeu o Dodo.

(Como vocês podem querer promover uma corrida dessas num dia frio ou chuvoso, vou contar a seguir como foi que o Dodô a organizou).

Primeiramente, ele traçou uma espécie de círculo, demarcando a raia da corrida ("não é preciso ficar muito bem feito", explicou, enquanto traçava o círculo no chão). Em seguida, os participantes foram distribuídos em diferentes pontos daquele círculo. Não houve o clássico "um, dois e... já!", mas cada qual começou a correr quando lhe deu na telha, parando para descansar no momento que assim o decidia. Não havia como saber se a corrida teria ou não terminado. Entretanto, depois de meia hora, mais ou menos, quando todos já estavam enxutos, o Dodô gritou, sem mais nem menos:

— Pronto! Terminou a corrida!

Todos correram para perto dele, ofegando e perguntando:

— Quem foi que venceu?

Essa pergunta não podia ser respondida sem uma longa meditação prévia. Assim, o Dodô ficou com ar cismador, apertando a testa com a ponta da asa, na posição em que normalmente se vê Shakespeare — trocando a ponta da asa por um dedo — nas gravuras que o representam.

Os corredores aguardavam em silêncio. Por fim, o Dodô declarou:

— Todos ganharam. Todos receberão um prêmio.

— Mas quem dará o prêmio? — perguntaram todos, numa só voz.

— Quem! Claro que será ela! — disse o Dodô, apontando para Alice.

O bando rodeou a menina, exigindo:

— Prêmio! Queremos prêmio!

Alice não tinha idéia de como agir. Em desespero, enfiou a mão no bolso e tirou de lá uma caixa de balas (por sorte, a água salgada não tinha entrado dentro dela), dando uma a cada corredor. Foi a conta de distribui-las, sem que sobrasse uma só.

— Ela também merece um prêmio! — protestou o Camundongo.

— É muito justo! — concordou o Dodo, acenando a cabeça gravemente. — Vejamos, então: que mais tem no bolso, menina?

— Apenas um dedal — respondeu ela, tristemente.

— Pois, passe-o para cá.

Os animais postaram-se em torno de Alice novamente, enquanto o Dodo lhe enfiava solenemente o dedal no dedo dizendo:

— Queira aceitar este elegante dedal.

Ao fim da curta cerimônia, todos aplaudiram. Alice achou tudo aquilo muito absurdo, mas não se atreveu a rir, vendo a gravidade dos semblantes que a encaravam. Não sabendo o que responder, fez uma curvatura e ficou mirando o dedal, com o ar mais respeitoso que pôde.

Os animais, em seguida, trataram de comer as balas, o que provocou barulho e confusão. As aves maiores queixavam-se de que haviam engolido as balas antes de sentir seu gosto, enquanto que os passarinhos ficavam engasgados, tendo de receber fortes tapas nas costas, para livrar a goela das balas atravessadas. Por fim, terminada a balbúrdia, sentaram-se todos em círculo, pedindo ao Camundongo que prosseguisse com sua história.

— Para mim — disse-lhe Alice, — você prometeu contar a sua própria história, e explicar por que razão odeia tanto os... aqueles de iniciais G e C.

Essa última parte foi dita num sussurro, pois ela receava que a simples menção indireta aos Gatos e Cães pudesse ofendê-lo mais uma vez.

— Minha história... — suspirou o Camundongo, voltando-se para Alice — é de fato muito triste e longa...

— De fato, é bem longa — disse Alice distraída, olhando para a cauda do rato. — Mas por que você diz que é triste?

E, deixando a imaginação voar, começou a imaginar uma "história de camundongo" com o mesmo formato da cauda do animal, e que era mais ou menos assim:

Um cão bravo,
chamado Furioso,
dirigiu-se ao rato,
que viu saindo do
mato, e lhe disse:
— vou levá-lo ao
Tribunal. Venha por
bem ou por mal.
Não aceitarei
qualquer recusa.
— E de que me
acusa? Que foi
que eu fiz?
— Não importa:
serei o juiz.
Seu destino
já está selado
Você acaba de
ser condenado.
— E qual a
pena, senhor?
Queira dizer,
peço por favor.
— Pois não:
você não teve
sorte. Foi
condenado
à pena
de morte!

— Você não está prestando atenção! — repreendeu o Camundongo. — Em que estava pensando?

— No tamanho do seu rabo — disse Alice, ainda meio distraída. — Isso não o preocupa?

— Claro que não! — exclamou o Camundongo, de cenho franzido, aparentando estar bastante aborrecido. — E por que deveria ficar preocupado?

— Porque ele está dando um nó! — disse Alice. — Deixe-me ajudá-lo a desfazer o laço.

— Onde já se viu! — exclamou o camundongo, levantando-se e indo embora. — Você me insulta, sempre que diz essas asneiras!

— Não tive a intenção de ofendê-lo — desculpou-se a menina. — Você é que se ofende por qualquer ninharia!

O Camundongo apenas guinchou, sem replicar, continuando a caminhar para longe dali.

— Oh, por favor! — implorou Alice. — Volte e termine a história!

Os outros animais fizeram coro:

— Sim, volte, por favor!

Mas ele prosseguiu para a frente, pisando duro e sacudindo a cabeça com impaciência.

— Oh, que pena! — lamentou-se a Arara. — Ele se foi...

Enquanto o Camundongo desaparecia ao longe, Mamãe Caranguejo aproveitou a oportunidade para dar uma lição a sua filha, dizendo-lhe:

— Está vendo, filha, como é feio perder a calma?

— E logo você é quem vem me dizer isso? — replicou a caranguejinha desaforadamente. — Seus palpites fazem até as ostras perderem a paciência!

— Como eu gostaria de ter Diná aqui comigo! — suspirou Alice, sem se dirigir a alguém em particular. — Ela saberia como fazê-lo voltar bem depressa...

— E quem é Dina, se não cometo a indiscrição de perguntar? — indagou a Arara.

Alice respondeu prontamente, já que sempre estava disposta a falar acerca de sua Diná:

— É a nossa gata. Para caçar camundongos, não há igual, você precisa ver! Pois se ela caça até aves! Basta que um pássaro passe perto dela, para que logo esteja no papo!

Essas palavras provocaram tremendo alvoroço no bando. Algumas aves fugiram dali precipitadamente. Uma velha pega começou a esconder a cabeça sob a asa, enquanto dizia:

— Acho que devo ir para casa, pois o ar fresco da noite é muito prejudicial para a minha garganta.

Uma canária, com voz trêmula de medo, chamou os filhotes:

— Venham logo, queridos! É hora de ir para a caminha!

Alegando diversas desculpas, cada qual tratou de ir dando o fora. Pouco depois, Alice estava sozinha, às voltas com seus pensamentos:

"Por que fui falar outra vez na Diná? Aqui embaixo, ninguém parece gostar dela, ainda que ela seja a melhor gata do mundo! Oh, Diná querida! Será que ainda a verei novamente um dia?"

Nesse ponto, a pobre Alice prorrompeu em pranto, sentindo-se sozinha e abatida. Não demorou a ouvir um ruído de passos à distância. Enxugando os olhos, ficou à espera de ver surgir, quem sabe, o Camundongo, imaginando que ele talvez houvesse mudado de idéia e resolvido voltar para acabar de contar sua história.

Voltando à mesa de vidro para apanhá-la,
viu que não conseguia alcançar o tampo.
Cap. 1, pág. 19

Capítulo 4

O Coelho Recorre a um Tal de Bill

Era o Coelho Branco, que vinha caminhando lentamente, olhando para o chão, como se estivesse à procura de alguma coisa perdida. A menina escutou-o a murmurar para si mesmo: "A Duquesa! A Duquesa! Pelas minhas patinhas de coelho! Pela minha pele e pelos meus pêlos! Ela vai me executar, tão certo como um dia eu hei de morrer! Mas onde será que os perdi? Onde?" No mesmo instante, Alice adivinhou que ele estava à procura do leque e do par de luvas de pelica. Sentindo pena, também começou a procurar aqueles objetos pelo chão, mas inutilmente: tudo ali parecia ter mudado inteiramente, desde que ela tivera de nadar no lago salgado. O salão, a mesa de vidro, a portinhola que dava para o jardim, tudo tinha desaparecido sem deixar rastro.

Logo que o Coelho avistou Alice ajudando-o na busca dos objetos perdidos, dirigiu-se a ela em tom áspero, dizendo:

— Ei, Mariana, que está fazendo por aqui? Vá para casa, já, e trate de trazer-me um par de luvas e um leque! Rápido, vamos!

Alice ficou tão apanhada, que saiu correndo na direção que o coelho Branco indicava com o dedo, sem sequer tentar explicar o engano que ele estava cometendo.

"Ele está me tomando por sua empregada!", comentou baixinho, enquanto corria. "Vai ter uma tremenda surpresa, quando souber quem eu sou! Até que isso ocorra, é melhor que eu traga as luvas e o leque, se é que poderei encontrá-los."

Nesse momento, ela avistou uma casinha bonita e asseada, em cuja porta havia uma tabuleta de metal com a seguinte inscrição: "COELHO BRANCO". Entrou sem bater e foi tratando de subir as escadas silenciosamente, com receio de se deparar com a verdadeira Mariana, e de ser expulsa da casa antes de encontrar os objetos perdidos.

"Ah, que coisa mais esquisita!", pensou. "Estou cumprindo as ordens dadas por um coelho! Se a Diná souber disso, logo estará querendo dar-me ordens também!" E ela começou a imaginar uma cena que poderia vir a ocorrer, entre ela e sua babá:

— Alice! Apronte-se, que está na hora de sairmos a passeio.

— Espere um minutinho, babá. A Diná mandou que eu ficasse aqui diante de um buraco de rato, vigiando-o para ela! Só poderei sair daqui depois que ela voltar!

"Se ela começar a dar ordens desse tipo, meus pais logo irão expulsá-la de nossa casa..."

Nisso, já havia entrado num quartinho muito limpo, dentro do qual havia uma mesa diante da janela, e sobre ela um leque e dois ou três pares de luvas de pelica. Era o que esperava encontrar. Assim, passando a mão num leque e num dos pares de luvas, já se preparava para sair do quarto, quando seu olhos pousaram num frasco colocado junto ao espelho da cômoda. Não havia rótulo ou etiqueta com a indicação de "BEBA-ME", mas mesmo assim ela abriu a tampa e levou o frasco aos lábios, murmurando: "Sei que alguma coisa interessante vai acontecer se eu tomar dessa bebida. Sempre acontece algo por aqui, quando bebo ou como alguma coisa. Vamos ver agora. Espero que eu cresça de novo, pois estou cansada de estar com este tamaninho."

Foi isso mesmo o que aconteceu, e até mesmo antes que ela esperava. Quando apenas tinha bebido metade do conteúdo do frasco, sua cabeça já estava batendo no teto, e ela teve de se abaixar, para não quebrar o pescoço. Mais que depressa, largou o frasco, dizendo para si mesma: "Basta! Não posso crescer mais! Do tamanho que estou, já não posso passar pela porta. Oh, por que fui tomar um gole tão grande?"

Era tarde para se arrepender. Seu crescimento prosseguiu, e em breve ela teve de ajoelhar no chão, e em seguida de se deitar, apoiada sobre um cotovelo e pondo a outra mão atrás da cabeça. Mesmo assim, não parou de crescer e, como último recurso, deixou um braço sair pela janela e enfiou uma das pernas pela chaminé da lareira, murmurando consigo própria: "Agora chega! Não tenho mais como aumentar. Que será de mim?"

Para sua sorte, tinha chegado ao fim o efeito aumentador da bebida, e ela parou de crescer. Do jeito que estava, porém, sentia-se extremamente desconfortável, e, como não via de que maneira poderia sair daquele cômodo, foi invadida por um terrível sentimento de infelicidade.

"Nada como estar na casa da gente", lastimou-se, "sem essa de ficar crescendo e diminuindo, e de receber ordens de camundongos e coelhos. Para quê fui entrar naquela toca? Por outro lado, como estão acontecendo coisas curiosas comigo, desde então! Quando li os contos de fada, achei que tudo aquilo era imaginação, que não poderia jamais acontecer; entretanto, aqui estou eu, em meio a acontecimentos os mais espantosos! Valia a pena até escrever um livro para narrá-los. Acho que vou escrever um, quando crescer... oh, que estou dizendo! Como crescer, se nem tenho mais espaço para isso?"

Depois de matutar algum tempo sobre sua situação, prosseguiu com seus pensamentos. "Se parei de crescer, isso quer dizer que parei de envelhecer? Por um lado, deve ser bom, porque assim não me tornarei uma velha, jamais; por outro, tem suas desvantagens, como a de ter de estudar sempre, e isso eu não quero, de modo algum!"

"Ora, Alice, sua bobinha!" murmurou, em tom de réplica. "Se você não puder sair daqui, como irá estudar? Se já não há espaço para você, muito menos haverá para cadernos e livros!"

E ela assim prosseguiu, representando dois papéis ao mesmo tempo, e desse modo dialogando consigo própria. Só interrompeu a conversação quando escutou uma voz que dizia:

— Mariana! Mariana! Onde estão as luvas? Traga-as já!

Em seguida, escutou o som de passos que subiam a escada. Entendeu que era o Coelho Branco, aborrecido com seu atraso, e se pôs a tremer de medo, sacudindo toda a casa, esquecida de que não havia sentido em recear um coelhinho que devia ser umas mil vezes menor que ela.

Chegando ao topo da escada, o Coelho dirigiu-se ao quarto e tentou abrir a porta. Como esta se abria para dentro, e o cotovelo da menina estivesse encostado nela, de nada valeram suas tentativas de abrir, ou mesmo de arrombar a tal porta. Alice conseguiu escutá-lo dizer entre os dentes: "Deixe estar! Vou dar a volta e entrar pela janela."

"Isso é o que você pensa", sussurrou ela, dando tempo para que o Coelho Branco chegasse embaixo da janela por onde seu braço se havia enfiado. Quando imaginou que ele já lá se encontrasse, desferiu um bote no vazio, sem conseguir agarrá-lo, mas provocando um pequeno desastre, pois, logo em seguida, escutou uma espécie de guincho e um barulho de vidros quebrados. Alice concluiu que o Coelho Branco tivesse saltado para trás, devido ao susto, e caído sobre alguma estufa de hortaliças ou coisa parecida.

Pouco depois, ouviu-se a voz do Coelho, mais zangado que antes:

— Pat! Pat! Que é de você?

Ao que uma voz desconhecida respondeu:

— Estou aqui, Excelência! Na labuta, como sempre!

— Conheço sua labuta! — retrucou o Coelho, irritado. — Pois venha já até aqui! Venha tirar-me deste lugar!

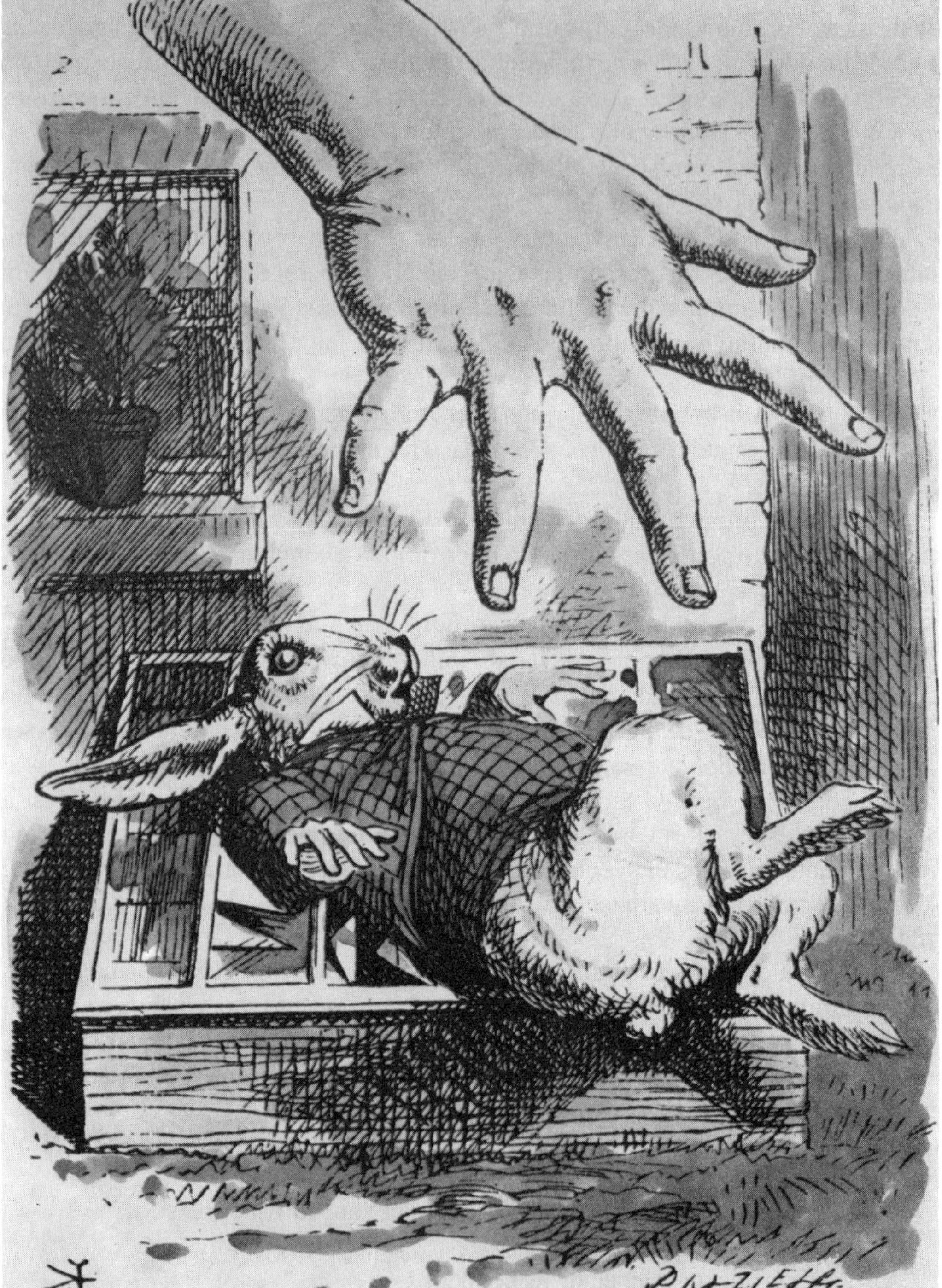

Ouviu-se novamente o som de vidros quebrados.

— Diga-me, Pat, que é aquilo ali, na janela?

— Aquilo é um braço, Excelência, sem dúvida!

— Um braço! Só você mesmo! Onde já se viu um braço daquele tamanho? E, ainda por cima, tomando toda a janela?

— Nisso, Vossa Excelência tem razão; mas acontece que é um braço...

— Braço ou não, o fato é que aquilo não devia estar ali. Por isso, vá até lá e tire-o da janela.

Seguiu-se um longo silêncio, entremeado aqui e ali por sussurros e palavras ditas entre os dentes, das quais Alice apenas entendia uma ou outra, como por exemplo: "Não estou gostando nada, nada, Excelência." e "Faça o que mandei, seu covarde!"

Para dar um paradeiro à murmuração, Alice esticou a mão e deu outro bote, ao qual se seguiram, dessa vez, dois guinchos e novo barulho de vidros partidos. "Quantas estufas existirão por aqui?", pensou ela. "E agora, que será que vão fazer? Quem sabe estão querendo puxar-me pela janela? Como se fosse possível... Tomara que façam algo sensato, pois já não agüento mais ficar aqui!"

Durante algum tempo, nada mais se ouviu. Por fim, escutou-se o som das rodas de um carrinho-de-mão, seguido de várias vozes, todas falando ao mesmo tempo. Mesmo assim, deu para distinguir uma seqüência:

— Onde está a outra escada?

— Ué! Só me disseram para trazer uma!

— O Bill trouxe a outra.

— Lá está ele. Bill! Venha cá, rapaz!

— Ponha a sua escada junto desta outra.

— Não! É uma em cima da outra! Tem de prendê-las!

— Mesmo prendendo, elas não alcançam metade da altura!

— Claro que alcançam! Não precisa ser tão exigente!

— Venha cá, Bill. Segura-se nesta corda.

— Ih!... Será que o telhado agüenta o peso?

— Cuidado! Olha uma telha solta!

— Lá vem ela! Cubram as cabeças! (Em seguida, um barulho de algo que se espatifa).

— Quem foi que fez isso?

— Só pode ter sido o Bill.

— Quem é que vai descer pela chaminé?

— Não olhe para mim! Você é quem vai descer!

— É? E por que logo eu?

— Quem vai descer é o Bill.

— Venha cá, Bill — dessa vez, Alice reconheceu claramente a voz do Coelho Branco. — Suba ao telhado e desça pela chaminé.

"Ah, então quem vai descer é o Bill, não é?", pensou Alice. "Quando a tarefa é difícil, chama-se o Bill, claro! Eu não gostaria de estar em sua pele: a chaminé de

lareira é muito estreita, minha perna está dentro dela, mas mesmo assim dá para aplicar um bom pontapé em quem chegar à altura de meu pé."

Encolhendo a perna o mais que pôde, ficou à espera de que o Bill (que tipo de animal seria ele?) se aproximasse. Não demorou e ouviu um ruído de patinhas que raspavam as paredes da chaminé, pouco acima dela. Devia ser o Bill. Esperou mais um pouquinho e então estendeu a perna de uma só vez, aplicando poderoso pontapé no infeliz, e, em seguida, ficou esperando o que ria acontecer.

A primeira coisa que ouviu foi um murmúrio geral ("Lá vai o Bill!"), depois um silêncio, e por fim uma confusão de vozes, dizendo:

— Levantem a cabeça dele!

— Tragam conhaque!

— Assim você sufoca o coitado!

— E aí, rapaz? Tudo bem?

— Conte o que foi que aconteceu.

Ouviu-se, então, em meio ao murmúrio, uma vozinha débil e trêmula ("Agora é o Bill", pensou Alice) a dizer:

— Não sei bem o que foi que aconteceu... Obrigado, podem deixar, estou melhor... Foi tudo tão estranho... Como explicar? Sabem aquela caixa de surpresa, da qual sai um boneco risonho, quando se abre a tampa? Alguma coisa assim aconteceu comigo. De repente, uma coisa esquisita, como se acionada por uma mola, acertou-me por debaixo e me atirou para o alto, como se eu fosse um foguete!

— De fato, você saiu voando daquela chaminé — concordaram todos.

— O que temos a fazer é botar fogo na casa — disse o Coelho.

Foi só ouvir aquela voz esganiçada, e Alice berrou o mais alto que pôde:

— Se você fizer isso, eu chamo a Diná e a atiço contra você!

Seguiu-se um silêncio mortal. "Que farão agora?", pensou Alice. Se fossem sensatos, mandariam arrancar o telhado.

Depois de um minuto ou dois, os murmúrios recomeçaram, e Alice escutou a voz do Coelho, dizendo:

— Para começar, basta um carrinho cheio.

"Um carrinho cheio de quê?", pensou ela. Não teve muito tempo para imaginar o que seria, pois no instante seguinte caiu sobre ela uma chuva de pedras, atiradas de baixo contra a janela. Algumas acertaram seu rosto. "Vou parar com isso agora mesmo!", decidiu ela, gritando com voz ameaçadora:

— Não repitam isso! Estou avisando!

A ameaça provocou novamente um silêncio mortal.

Nesse instante, porém, Alice notou que as pedras estavam se transformando em bolachas, à medida que caíam no chão, e uma idéia brilhantes veio à sua mente: "Se eu comer essas bolachas, algo me acontecerá com relação ao tamanho — é sempre assim! Tanto posso ficar maior, como ficar menor, acho."

Para tirar a dúvida, era preciso comer as bolachas, e foi o que ela fez. Depois de devorar uma, notou satisfeita que estava diminuindo. Assim, pôs-se a comê-las uma a uma, até atingir um tamanho que lhe permitia passar pela porta. Desceu as escadas, abriu a porta de entrada e deparou-se com um numeroso bando de animais, parados do lado de fora da casa. No meio deles, jazia um pobre lagarto, assistido por dois porquinhos-da-índia, que lhe davam de beber um remédio. Quando apareceu, ergueu-se um murmúrio ameaçador, mas ela disparou a toda velocidade, passou por eles e em pouco estava a salvo, atravessando um mato fechado.

"A primeira coisa que tenho de fazer é retomar meu tamanho normal. A segunda, é tentar visitar aquele jardim encantador. Este é o meu plano."

Parecia efetivamente um excelente plano, simples e objetivo. Só tinha um porém: ela não fazia a menor idéia de como executá-lo. Assim, foi vagando por entre as árvores e arbustos, até que escutou um latido, bem perto dela. Olhando para cima, avistou um cãozinho (só que de tamanho gigantesco para ela), que a fitava com olhinhos espertos e redondos. Com um certo receio, o animal estendeu uma das patas, prudentemente, tentando tocá-la.

— Ah, que gracinha! — disse Alice em tom carinhoso, assobiando para ele, ao mesmo tempo em que morria de medo de que o cãozinho estivesse com fome e se decidisse por devorá-la sem qualquer consideração.

Não encontrando algo melhor para fazer, ela pegou do chão um varinha e a atirou para longe. O cachorrinho latiu de satisfação, deu um salto e saiu atrás da varinha, atirando-se contra ela e fingindo querer mordê-la. Enquanto isso, Alice escondeu-se atrás de um grande cardo, a fim de evitar que fosse pisada. No instante em que apareceu do outro lado da planta, o cãozinho atirou-se de novo contra a varinha, com tamanha gana, que até rolou no chão. Alice comparou o perigo que corria de ser esmagada pelo animal com o que correria em seu tamanho normal, se brincasse de rolar pelo chão com um cavalo bem grande. Assim, voltou a esconder-se atrás do cardo e ficou apreciando a brincadeira do cãozinho, que avançava em direção à varinha e recuava logo em seguida, latindo furiosamente durante todo o tempo, até que, por fim, se sentou sobre as patas de trás, ofegante, com a língua para fora da boca e mantendo os olhos semicerrados.

Pareceu a Alice que aquela seria uma boa oportunidade para dar o fora dali, e ela se pôs a correr, até que se sentiu invadida pelo cansaço e a ponto de perder o fôlego. Só então parou e ouviu ao longe o latido do cachorrinho. "Que pena... Era uma cãozinho tão lindo!", pensou, apoiando-se contra um botão-de-ouro para descansar, enquanto se abanava com uma folha arrancada daquela planta. "Se eu pudesse, iria ensinar-lhe vários truques. Mas seria preciso que eu estivesse com meu tamanho normal. Gente, gente! Quase me esqueci que tenho de encontrar um modo de crescer! Como conseguirei isso? Suponho que tenha de comer ou beber alguma coisa, só não sei o quê..."

De fato, essa era a questão. Alice olhou a seu redor, por entre as flores silvestres e os talos de relva, mas nada viu que lhe parecesse ser a coisa certa para comer ou beber, a fim de realizar seu desejo de crescer.

Ali perto havia um cogumelo de copa redonda, mais ou menos de sua altura. Dirigiu-se para ele e pôs-se a examiná-lo por todos os lados. Para poder enxergar a parte de cima, pôs-se na ponta dos pés e logo se deparou com uma enorme lagarta azul, sentada bem no meio daquela cúpula redonda, de braços cruzados, fumando tranqüilamente o cachimbo turco, chamado narguilé, completamente alheia a tudo e a todos.

Capítulo 5

Os Conselhos de Uma Lagarta

A Lagarta e Alice encararam-se durante algum tempo em silêncio. Por fim, depois de tirar o narguilé da boca, a Lagarta dirigiu-se à menina, numa voz lânguida e sonolenta:

— Quem é você?

Não era um início de conversa dos mais encorajadores. Um tanto timidamente, Alice respondeu:

— Eu? Bem... neste exato momento, senhora, estou com uma certa dúvida. De fato, eu sabia muito bem quem eu era, quando acordei hoje de manhã; depois disso, porém, sofri tantas mudanças, que...

— Não estou entendendo essa história — interrompeu a Lagarta, algo desconfiada. — Vamos, explique-se melhor.

— Explicar-me como, se nem sei se eu sou eu. A senhora entende como devo me sentir.

— Não, não entendo — retrucou a Lagarta.

— Receio não poder esclarecer melhor — prosseguiu Alice, com toda a polidez, — porque, para início de conversa, qualquer um ficaria extremamente confuso, mudando de tamanho tantas vezes num só dia, como aconteceu comigo, não acha?

— Não, não acho.

— É porque isso ainda não aconteceu com a senhora. Mas vai acontecer. Quando se transformar numa crisálida, e depois numa borboleta — como sabe, tudo isso é mera questão de tempo, — certamente haverá de se sentir meio esquisita, concorda?

— Não, não concordo.

— É... talvez sua sensação seja diferente da minha. No meu caso, tudo o que sei é que estou achando esquisito isto que me acontece.

— Sua sensação, seu caso, o que lhe acontece... ora! Quem é você, afinal?

Isso trouxe Alice e a Lagarta ao início de sua conversa. A menina já começava a se aborrecer com as contestações de sua interlocutora. Assim, empertigando-se toda, assumiu um ar de seriedade e falou:

— Acho que é a senhora que deve dizer primeiro quem é.

— Por quê?

Essa era uma pergunta difícil de ser respondida. Como Alice não encontrou um argumento sequer para se justificar, e a Lagarta não parecia ser uma criatura das mais bem-humoradas, ela preferiu dar as costas e ir-se embora.

— Volte! — chamou a Lagarta. — Tenho uma coisa importante para lhe dizer.

Enfim, uma frase encorajadora! Alice voltou-se para a Lagarta e ficou esperando.

— Mantenha a calma — disse ela.

— É tudo o que tem a me dizer? — indagou Alice, mastigando a raiva que a assaltou.

— Não — respondeu a Lagarta.

Alice raciocinou que, como nada tinha a fazer, o melhor seria esperar, já que a Lagarta poderia de fato ter algo importante a lhe dizer. Durante alguns minutos, ela ficou calada, apenas soltando baforadas de seu narguilé. Finalmente, descruzou os braços, tirou a ponta de tudo do narguilé da boca e disse:

— Quer dizer que você acha que não é você, certo?

— Receio que sim... Não me lembro das coisas do mesmo modo como me lembrava antes, e não consigo conservar meu tamanho durante dez minutos seguidos!

— Pode dar-me um exemplo das coisas de que se lembra?

— Sim: tentei recitar a poesia do besourinho e o transformei em crocodilo — respondeu a menina, com voz chorosa.

— Então recite aquela que começa assim: "Você está velho, Pai Guilherme: — ordenou a Lagarta.

Alice cruzou as mãos e começou:

— Você está velho, Pai Guilherme, e a cabeleira,
pra ficar branca, falta pouco.

Mas vi você ontem, plantando bananeira!
Não acha que é coisa de louco?

— Na mocidade — disse o pai ao filho tolo —
temi que isso fizesse mal,
mas já me convenci de não possuir miolo!
Portanto, o que faço é normal.

— Você está velho, meu pai, convença-se disso:
já está chegando ao seu final...
No entanto, apesar de gordo feito um chouriço,
gosta de dar salto mortal!

— Eu fui um grande atleta em minha mocidade,
e não parei de exercitar;
por isto, conservei a minha agilidade.
Para perdê-la, vai custar!

Você está velho, Pai Guilherme, e agora mesmo
seus dentes todos cairão;
pois, mesmo assim, você ainda mastiga torresmo!
É além da minha compreensão!

— Na mocidade, tanta injustiça sofri
e tanta raiva mastiguei;
foram tantos os desaforos que engoli,
que boca e dente reforcei!

— Você está velho, e vai perder, a qualquer dia,
essa firmeza que mantém;
no entanto, equilibra no nariz uma enguia!
De onde esse equilíbrio provém?

— Três vezes repliquei, sem a calma perder
(assim age um pai com seus filhos);
mas, da quarta vez, você fez por merecer
um bom pontapé nos fundilhos!

— Você não recitou direito — criticou a Lagarta.

— Em parte, você tem razão — replicou Alice timidamente. — Algumas palavras foram alteradas...

— Não é bem assim. Você recitou errado do princípio ao fim — retrucou a Lagarta com firmeza, seguindo-se um silêncio que durou alguns minutos.

Quem falou primeiro foi a Lagarta.

— De que tamanho você quer ser?

— Oh, quanto a isso, não sou exigente — respondeu a menina afobadamente. — Não gosto é de ficar mudando de tamanho com tanta freqüência, como a senhora deve entender.

— Não, eu não entendo.

Alice preferiu não responder. Jamais em sua vida recebera tantas contestações, e receava acabar perdendo a calma por causa disso.

— Está satisfeita agora? — perguntou a Lagarta.

— Eu gostaria de ser um pouquinho maior, Dona Lagarta. — Três polegadas é um tamanho um tanto deprimente...

— Pois eu diria que é um excelente comprimento — protestou a Lagarta, esticando-se enquanto falava, até ficar exatamente com três polegadas.

— Mas não estou acostumada a ter essa altura! — retrucou Alice, com voz de súplica, ao mesmo tempo em que pensava: "Por que será que as criaturas se ofendem tão facilmente?"

— Com o tempo, você acaba se acostumando — disse a Lagarta, voltando a fumar o narguilé.

Alice esperou pacientemente que ela resolvesse prosseguir com a conversa. Daí a um ou dois minutos, a Lagarta desocupou a boca, bocejou duas vezes e se espregui-

"Agora chega! Não tenho mais como aumentar."
Cap. 4, pág. 34

çou. Em seguida, desceu do cogumelo e rastejou sobre a relva, comentando em voz baixa, enquanto seguia em frente:

— De um lado dele, você aumenta; do outro, diminui.

— Como? Lado de quê? Por favor, explique isso melhor!

— Refiro-me ao cogumelo — disse a Lagarta, pouco antes de desaparecer da vista da menina.

Alice ficou contemplando o cogumelo durante um minuto, tentando descobrir qual seria o lado aumentador e o diminuidor, mas o vegetal era redondinho, não apresentando qualquer indicação nesse sentido. Por fim, ela se decidiu: abrindo os braços o mais que podia, arrancou um pedaço de cada uma das beiradas opostas do cogumelo, segurando cada qual com uma das mãos.

— E agora, direito ou esquerdo? — disse ela para si própria.

Para tirar a dúvida, mordeu uma isca do pedaço seguro na mão direita, a fim de testar o efeito. No mesmo instante, sentiu como que um golpe violento no queixo: é que ele tinha batido no seu pé! Alice assustou-se com aquela súbita redução de tamanho, entendendo que não havia tempo a perder. Antes que ficasse pequena demais para tomar qualquer providência, tratou de dar uma mordida no outro pedaço, o que não foi fácil, já que seu queixo estava encostado no pé, quase impedindo a boca de se abrir. Mas ela acabou conseguindo engolir uma lasquinha do pedaço de cogumelo que trazia guardado na mão esquerda.

* * *

— Ufa! Por fim, consegui que minha cabeça desgrudasse do pé — murmurou Alice em tom de alegria, que daí a pouco se transformou em pânico, tão logo percebeu que já não conseguia enxergar os ombros, de tanto que seu pescoço tinha esticado. Ele parecia um enorme tronco, brotando do mar de folhas verdes, que se estendia abaixo dela.

— Que tanto verde será esse lá embaixo? — perguntou-se Alice, tomada de espanto. — E meus ombros, que é deles? Ai, minhas mãozinhas, por que é que não consigo vê-las?

Ela mexia as mãos enquanto dizia isso, sem observar outro resultado que não um ligeiro movimento nas folhas verdes que se estendiam lá embaixo.

Não vendo como fazer para levar as mãos até a cabeça, tentou inverter a ação, abaixando a cabeça até encostá-la nas mãos. Ficou encantada ao notar que seu pescoço se curvava e se dobrava em qualquer direção, qual uma serpente. Ela acabava de conseguir abaixá-lo num gracioso ziguezague, preparando-se para enfiar a cabeça entre as folhas (que descobriu serem as das copas das árvores sob as quais ela anteriormente se encontrava), quando um ruflar de asas a fez recuar apressadamente. Era uma pomba que voava junto a seu rosto, gritando apavoradamente:

— Olha a cobra!

— Que cobra o quê! — replicou Alice indignada. — Suma daqui!

— É uma cobra, sim! — protestou a Pomba, embora de maneira mais contida, prosseguindo depois de um soluço: — Já tentei de tudo, mas ela não se satisfaz com coisa alguma!

— Não faço a menor idéia do que é que você está falando — disse Alice.

— Tentei raiz de árvore, tentei ribanceira, tentei cercas, mas nada agrada a essas cobras. — prosseguiu a Pomba, em tom lamentoso.

Alice estava intrigada, mas preferiu manter-se calada, enquanto a Pomba prosseguia:

— Como se já não houvesse problema bastante só em chocar os ovos... Mas não, ainda tenho de ficar atenta dia e noite, vigiando as cobras! Nas últimas três semanas, não pude dar nem uma dormidinha!

— Oh! — exclamou Alice, começando a entender a queixa da Pomba — estou penalizada com sua aflição.

— E logo agora, que transferi meu ninho para a árvore mais alta da floresta — prosseguiu a Pomba, cuja voz se havia transformado num guincho — e que imaginava estar livre daquelas danadas, eis que uma delas surge lá de baixo, contorcendo-se, e se ergue até o céu! Sai, cobra!

— Já lhe disse que não sou cobra! — insistiu Alice. — Eu sou... sou...

— O quê? — perguntou a Pomba. — Vejo que está tentando inventar alguma mentira!

— Sou uma garotinha — concluiu Alice, embora sem muita convicção, pensando nas tantas alterações que tinha sofrido durante todo aquele dia.

— Muito interessante! — comentou a Pomba, em tom irônico. — Já vi muitas garotinhas até hoje, e nenhuma delas tinha um pescoção do tamanho do seu... Não, não, confesse, vamos: você é uma cobra, uma serpente, e não adianta negar. Suponho que vai querer fazer-me acreditar que jamais provou um ovo em toda a sua vida!

— Oh, não — protestou Alice, que era uma menina muito amiga da verdade, — eu como ovos! Garotinhas e serpentes gostam de ovos, como você devia saber.

— Não acredito! — retrucou a Pomba. — Se fosse verdade, as garotinhas seriam uma espécie de serpente: é ou não é?

Aquela maneira de raciocinar deixou Alice tão perplexa, que ela ficou em silêncio, dando à Pomba a oportunidade de prosseguir:

— O fato é que você está procurando ovos. Para mim, é o que importa. Estou pouco me lixando se você é uma garotinha ou uma serpente.

— Pois é essa a dúvida que mais me aflige: afinal de contas, eu sou o quê? Quanto aos ovos, não estou atrás deles, no momento, e, se estivesse, não seria atrás dos seus, pois detesto comer ovos crus.

— Sendo assim, caia fora — disse a Pomba com voz emburrada, enquanto se preparava para voltar a seu ninho.

Alice continuou a esgueirar a cabeça entre as árvores com alguma dificuldade, pois de vez em quando seu pescoço se enredava entre os galhos, dando-lhe algum trabalho desemaranhá-lo. Só depois de algum tempo foi que ela se lembrou do cogumelo, pondo-se a mastigar bocadinhos de uma e de outra mão, ora aumentando, ora diminuindo, até que conseguiu retornar a seu tamanho normal.

Havia tanto tempo que não mantinha sua antiga altura, que ela, a princípio, estranhou. Daí a pouco, porém, já estava acostumada, voltando a conversar consigo própria, como de costume:

— Já realizei metade do plano. Essas mudanças constantes de tamanho me deixam desnorteada! Nunca sei ao certo como estarei no próximo minuto! Agora que estou com meu tamanho normal, posso tentar chegar ao jardim. Mas como? É o que me pergunto.

Nesse instante, alcançou uma clareira da floresta, avistando ali perto uma casinha de quatro pés de altura (1,22m). "Quem será que vive ali?", pensou. "Não posso entrar nessa casa com este tamanho, ou vou deixar seu moradores aterrorizados!".

Ela então mordiscou um pedaço do cogumelo que trazia na mão direita, só se aventurando a chegar próxima da casinha, quando sua altura se reduziu a nove polegadas (23 cm).

Capítulo 6

Porco e Pimenta

Durante um ou dois minutos, ela ficou olhando para a casinha, perguntando-se como deveria agir. Foi então que ali chegou, vindo da floresta, um criado vestido de libré. (Ela achou que era um criado por causa da roupa que ele usava. Não fosse por isso, teria jurado que se tratava de um peixe). Chegando diante da casa, o criado bateu com o nó dos dedos na porta, e esta pouco depois foi aberta por outro criado vestido de libré. Este outro tinha cara redonda e olhos esbugalhados, parecendo antes um sapo. Como o primeiro, porém, também era um criado. Alice notou que ambos usavam perucas cacheadas e polvilhadas de talco, como era costume no passado. Curiosa de saber o que iriam tratar aqueles dois, ela se aproximou discretamente e ficou escutando.

O primeiro criado, depois de tirar de sob o braço um envelope enorme, quase do seu tamanho, entregou-o ao segundo criado, dizendo com voz solene:

— Faça-me o obséquio de entregar este convite à Senhora Duquesa. É da parte de sua Majestade, a Rainha, que a convida para participar de um jogo de croque.

O criado-sapo tomou o envelope nas mãos e disse, com voz igualmente solene:

— Sua Majestade convida a sua Excelência para um jogo de croqué.

Em seguida, ambos se curvaram numa reverência, de modo tal que as perucas se emaranharam, fazendo Alice rir. Para não ser vista, ela se escondeu atrás de uma moita. Quando reapareceu, viu que o criado-peixe já se fora e que o outro estava sentado no chão, olhando com cara de bobo para o céu.

Chegando-se timidamente até a porta, Alice bateu.

— Não há motivo algum para você bater aí nessa porta — disse o criado-sapo, — e por duas razões: primeiro, porque aí dentro da casa há tanto barulho, que ninguém poderia escutar suas batidas; segundo, porque estou do lado de fora da porta, do mesmo modo que você.

De fato, dentro daquela casa havia um barulho ensurdecedor, uma seqüência contínua de gritos, de espirros e do som de louça quebrada.

— Diga-me, então, por favor, como devo fazer para entrar nesta casa.

— Haveria algum sentido em suas batidas — prosseguiu o criado, como se a não tivesse escutado — se existisse uma porta separando você de mim. Se você estivesse dentro de casa, por exemplo, e batesse à porta, eu poderia abri-la para que você saísse.

Enquanto falava, ele mantinha os olhos voltados para o céu, o que Alice julgou extremamente deseducado de sua parte. "Pode ser, contudo", pensou ela, "que ele não possa evitar isso, já que tem os olhos no topo da cabeça. Mas isso não o impede de responder as perguntas que eu lhe fizer".

— Diga-me, por favor — insistiu ela, — como farei para entrar?

— Vou ficar sentado aqui até amanhã — já ia prosseguindo, quando a porta se abriu e uma tigela foi atirada de dentro, vindo pelos ares em direção a ele.

Por sorte, a vasilha apenas roçou em suas narinas, indo espatifar-se contra um tronco de árvore logo atrás dele.

—... ou mesmo até depois de amanhã...

— Como farei para entrar aí? — perguntou novamente Alice, erguendo a voz.

— Precisa mesmo entrar? — Essa é a questão fundamental, como você sabe.

E era mesmo, sem dúvida; apenas, Alice não gostou de ser lembrada disso. "É realmente desagradável", pensou, "a maneira como as criaturas daqui argumentam. Deixa qualquer um louco!"

O criado achou que aquela seria uma boa oportunidade para repetir seu aviso, fazendo algumas variações. E ele o fez:

— Vou ficar sentado aqui, sem descansar, durante dias e dias.

— E quanto a mim? — tornou Alice. — Que faço?

— Faça o que você quiser — respondeu o criado, pondo-se em seguida a assoviar.

— Nem vale a pena conversar com esse daí — observou Alice, irritada. — É um perfeito idiota.

Dizendo isso, abriu a porta e entrou na casa.

A porta dava para uma cozinha ampla e enfumaçada. A Duquesa estava sentada num tamborete de três pernas, bem no meio do aposento, embalando uma criancinha. Uma cozinheira estava inclinada sobre o fogão, mexendo um caldeirão enorme, que parecia estar cheio de sopa.

— Essa sopa parece estar muito apimentada — murmurou Alice, tentando conter um espirro.

Até o ar estava impregnado do cheiro de pimenta, fazendo com que a Duquesa espirasse ocasionalmente. Também o bebê sentia-se incomodado, alternando espirros e gemidos sem um momento de pausa. As duas únicas criaturas dali que não espirravam eram a cozinheira e um gato muito grande, deitado ao lado do fogão e exibindo um sorriso que ia de uma orelha à outra.

— A senhora poderia fazer o favor de dizer-me — disse ela um tanto timidamente, imaginando se não seria falta de educação dirigir-se à Duquesa antes de um cumprimento formal — por que seu gato está sorrindo dessa maneira?

— É um gato da raça *cheshire* — respondeu a Duquesa. — E você não passa de um porco!

A última parte da resposta foi dita com tal fúria, que Alice quase deu um pulo. Logo notou, porém, que a Duquesa não se dirigia a ela, e sim à criancinha que trazia ao colo. Assim, tomou coragem e continuou:

— Nunca soube que os gatos dessa raça viviam a sorrir! Na realidade, eu nem sabia que os gatos podiam sorrir!

— Claro que podem — respondeu a Duquesa. — Todos podem. E a maior parte deles sorri.

— Jamais vi um gato sorridente — retrucou Alice, tentando fazê-lo com toda a polidez possível, e muito satisfeita de ter iniciado aquela conversação.

— Você não é muito sabida — disse a Duquesa. — Nem um pouco.

A menina não gostou do tom de voz que ela usou e resolveu mudar de assunto. Enquanto tentava arranjar um novo tema de conversação, a cozinheira tirou o caldeirão do fogo e, sem mais aquela, começou a atirar contra a Duquesa e o bebê tudo o que estivesse a seu alcance: primeiro, os atiçadores de fogo; depois, uma chuva de caçarolas, tigelas e pratos. A Duquesa parecia nem ligar, mesmo quando era atingida por algum objeto; quanto ao bebê, estava esgoelando tanto, que era quase impossível dizer se tinha recebido alguma pancada, ou se chorava apenas por birra.

— Ei! Pare com isso! — ordenou Alice, saltando aterrorizada. — Cuidado com o narizinho do bebê!

Disse isso porque um frigideira acabava de passar rente à criança, quase acertando seu rosto.

— Se cada qual cuidasse de sua vida — resmungou a Duquesa, — o mundo era bem capaz de girar mais depressa.

— E que vantagem isso iria trazer? — retrucou Alice, satisfeita com a oportunidade de exibir seus conhecimentos. — Pense nas conseqüências que isso traria à duração dos dias e das noites! Como a senhora deve saber, a Terra leva vinte e quatro horas para dar um giro completo em torno de seu eixo...

— Já que falou de eixo — interrompeu a Duquesa, — seria bom arrancar sua cabeça!

Alice voltou os olhos aflitamente para a cozinheira, receosa de que ela obedecesse a ordem da patroa, mas a mulher estava ocupada em mexer a sopa, parecendo nem ter ouvido toda aquela conversa. Assim, ela voltou a falar:

— Vinte e quatro horas... bem, acho que é isso. Ou serão doze horas?

— Ora, ora, não me aborreça! — exclamou a Duquesa. — Tenho horror aos números!

Dizendo isso, voltou a embalar o bebê, entoando uma estranha canção de ninar e sacudindo com força a pobre criaturinha, ao fim de cada estrofe. E era assim a letra da cantiga de ninar:

Repreenda seu neném,
Bata nele se espirrar;
Ele sabe muito bem
Perturbar e incomodar.

CORO

(entoado pela cozinheira e pelo bebê)
Uou! Uou! Uou!

Enquanto a Duquesa cantava a segunda parte da cantiga, sempre sacudindo violentamente a criança ao final de cada estrofe, esta passou a gritar tão alto, que Alice mal conseguia compreender o que dizia a letra, e que era mais ou menos isso:

Quando o meu neném espirra,
Dou-lhe uma surra violenta,
E se acaso ele faz birra,
Faço-o engolir pimenta!

CORO

Uou! Uou! Uou!

— Ei, menina! Pode embalar o bebê, se quiser — disse ela dirigindo-se à Alice e atirando-lhe a criança. — Tenho de me aprontar, pois vou jogar croqué com a Rainha!

Dizendo isso, saiu às pressas. A cozinheira arremessou-lhe uma frigideira, mas dessa vez errou.

Alice equilibrou a criança nos braços com dificuldade, pois ela sacudia os braços e pernas aflitamente. "Parece uma estrela-do-mar", pensou Alice, e só então observou a criaturinha esquisita, que resfolegava como uma máquina a vapor, dobrando-se e esticando-se o tempo todo, como se quisesse escapar de seus braços. Era quase impossível segurá-la. Por fim, a menina descobriu como contê-la: dobrou-a de tal modo, que sua orelha direita encostou no pezinho esquerdo. Segurando-a assim, saiu com ela de casa e foi dar uma volta pelos arredores.

"Se não levar esta criaturinha comigo", pensou, "ela estará morta daqui a um ou dois dias! Deixá-la com essas duas malucas seria o mesmo que assassiná-la!"

Essas últimas palavras, pronunciou-as em voz alta. A criança, que havia parado de espirrar, pôs-se então a resmungar, fazendo com que a menina a repreendesse por isso:

— Pare de resmungar. É muito feio, viu?

Mas o bebê voltou a resmungar. Alice examinou-o atentamente, tentando adivinhar a causa de seu aborrecimento. Que bebê feio! Tinha um nariz esquisito, parecendo antes um focinho de porco. Além disso, seus olhos eram pequenos demais para um bebê. A menina tentou ver se ele estava chorando, mas não notou a existência de lágrimas, e sim que a carinha do bebê se parecia cada vez mais com a de um leitãozinho.

— Será que você se está transformando num porquinho? Se estiver, azar seu. Veja lá, hein?

Como resposta, a criatura soluçou (ou grunhiu — seria impossível distinguir), seguindo-se um silêncio prolongado.

Alice estava imaginando o que poderia fazer com aquela criatura, depois que voltasse para casa, quando ela soltou novo grunhido, e dessa vez tão violento, que a menina ficou alarmada. Fitando-a para tentar adivinhar do que se tratava, não teve mais dúvidas: aquilo não era uma criança, e sim um porco. Era um absurdo continuar carregando a criatura ao colo, como se se tratasse de um bebê humano.

Alice depositou o porquinho no chão, sentindo-se aliviada quando o viu marchando tranqüilamente para o interior da floresta. "Se continuasse crescendo, essa criatura iria tornar-se um ser humano horroroso; como porquinho, porém, até que é bonitinho", pensou ela, deixando que seu pensamento continuasse trazendo-lhe à memória outras crianças que, se fossem porquinhos, até que não seriam feias. Pena que ela não sabia como transformá-las.

Estava pensando nisso, quando levou um susto, ao avistar subitamente o gato risonho, encarapitado num galho de árvore a pouca distância dali. Ao vê-la, o sorriso do gato abriu-se ainda mais. Parecia simpático, pensou ela. Vendo, porém, que ele era dotado de garras afiadas e dentes poderosos, achou que deveria tratá-lo com certo respeito, e disse:

— Gatinho risonho — começou, receando que ele não gostasse daquele tratamento, mas logo criando coragem, ao vê-lo manter o sorriso; — pode dizer-me como farei para sair daqui?

— Depende de saber para onde você deseja ir — respondeu o gato.

— Isso não me preocupa — disse Alice.

— Então, não importa que caminho você irá tomar — concluiu o gato.

— O que eu quero é chegar a algum lugar, seja qual for — tentou explicar a menina.

— É o que acontecerá forçosamente — disse o Gato, — qualquer que seja a direção que você tome. Basta que caminhe bastante.

Alice viu que o Gato estava coberto de razão e tentou mudar de assunto, perguntando:

— Que tipo de pessoas moram por aqui?

— Naquela direção — disse o Gato, estendendo a pata direita — mora o Chapeleiro; nessa outra — e estendeu a outra pata — mora a Lebre-de-março. Tanto faz visitar ele ou ela: ambos são doidos.

— Não quero lidar com gente doida — replicou Alice.

— Quanto a isso, não há como evitar. Aqui, todos somos doidos. Eu sou, tu és, eles são.

— Quem lhe disse que eu sou doida? — protestou Alice.

— Se não fosse, não estaria aqui.

A explicação não convenceu Alice de todo, e ela prosseguiu:

— E quem disse que você é doido?

— Para início de conversa — respondeu o gato, — um cachorro não é doido, concorda?

— Concordo.

— Muito bem. E o que faz um cachorro? Rosna quando está zangado e agita a cauda quando está satisfeito. Quanto a mim, rosno quando estou satisfeito e agito a cauda quando estou zangado. Portanto, sou doido.

— O que você faz não é rosnar. Eu chamo de ronronar.

— Chame do que quiser. Você vai jogar croqué com a Rainha hoje à tarde?

— Bem que eu gostaria, mas não fui convidada.

— Você vai encontrar-me lá — disse o Gato, desaparecendo em seguida.

Alice não ficou surpresa com aquilo. Já estava ficando acostumada com aquela sucessão de ocorrências esquisitas. Ficou olhando para o lugar onde vira o gato pela última vez, quando ele subitamente reapareceu.

— A propósito — disse ele, — onde está o bebê? Quase me esqueci de perguntar.

— Transformou-se num porco — respondeu Alice com toda a naturalidade, como se o reaparecimento do Gato fosse um ocorrência absolutamente normal.

— Foi o que imaginei — Comentou ele, desaparecendo de novo.

Alice ainda esperou por algum tempo, imaginando um possível retorno do bichano. Como este não retornou depois de uns dois minutos, ela resolveu seguir na direção em que deveria ser a casa da Lebre-de-março. "Já vi chapeleiros antes",

Eu? Bem... neste exato momento, senhora,
estou com uma certa dúvida.
Cap. 5, pág. 43

pensou. “Uma lebre-de-março deve ser bem mais interessante. E como já estamos em maio, ela não deve estar doida varrida, como certamente estaria se estivéssemos em seu mês.”

Nesse momento, olhou para o alto e viu novamente o Gato, sentado num galho de árvore.

— Você disse “porco” ou “corpo”? — perguntou ele.

— Eu disse “porco”, e gostaria que você não ficasse aparecendo e reaparecendo de tempos em tempos. Isso deixa a gente tonta!

— Está bem — concordou o Gato, desaparecendo dessa vez pouco a pouco: primeiro, a cauda, depois o corpo e a cara, e por fim o sorriso, que ainda permaneceu visível durante algum tempo, depois que todo o resto havia desaparecido.

— Eu, hein? — murmurou Alice. — Já vi muitos gatos sem um sorriso, mas esta é a primeira vez que vejo um sorriso sem um gato! É a coisa mais curiosa que jamais vi até hoje!

Pouco tempo depois, ela avistou a casa da Lebre-de-março. Seria aquela, sem dúvida, pois tinha a chaminé em formato de orelhas, e o chão forrado de pele. Era uma casa bem grande; por isso, Alice não quis aproximar-se dela antes de mordiscar um pedaço do cogumelo da mão esquerda, ficando dois pés mas alta (61cm). Só então prosseguiu, pensando: “E se ela estiver doidinha de todo? Não teria sido melhor ir visitar o Chapeleiro?”

Capítulo 7

Um Chá Muito Doido

Havia uma mesa posta sob uma árvore, à frente da casa. A Lebre-de-março e o Chapeleiro lá estavam tomando chá. Um Ratinho, sentado entre os dois, dormia profundamente. Eles usavam-no como almofada, apoiando nele seus cotovelos e conversando por cima de sua cabeça. "Muito desconfortável para ele", pensou Alice. "Porém, como está dormindo, talvez nem se dê conta do que está acontecendo".

Embora a mesa fosse bem grande, os três estavam amontoados num de seus cantos. Ao verem que Alice se aproximava, gritaram:

— Não há lugar! Não há mais lugar!

— Como não há! Está sobrando lugar! — retrucou ela com indignação, indo sentar-se numa poltrona colocada numa das cabeceiras.

— Tome um vinho — disse a Lebre-de-março, em tom convidativo.

Alice correu os olhos pela mesa, mas nada viu de beber senão chá.

— Não vejo o vinho!

— Claro! — disse a Lebre-de-março. — Não temos vinho...

— Então é muita falta de educação oferecê-lo! — protestou a menina.

— E não é falta de educação sentar-se a uma mesa sem ser convidada? — tornou a Lebre-de-março.

— Eu não sabia que esta mesa era sua — disse ela. — Parece ter sido posta para muito mais de três pessoas.

— Você está precisando de cortar o cabelo — observou o Chapeleiro, que até então estivera mirando Alice com grande curiosidade.

— Você devia aprender a não fazer observações pessoais — repreendeu Alice. — Não é educado agir assim.

O chapeleiro arregalou os olhos ao escutar isso, mas tudo o que disse em seguida foi:

— Que semelhança existe entre um corvo e uma escrivaninha?

"Enfim, vamos começar a nos divertir", pensou Alice, acrescentando em voz alta:

— Que bom que vocês gostem de charadas. Acho que posso matar essa.

— Você quer dizer que pode encontrar a resposta — corrigiu a Lebre-de-março.

— Isso mesmo.

— Então, por que não disse aquilo que quis dizer? — perguntou a Lebre-de-março.

— Eu disse — retrucou Alice, — só que com outras palavras. No final, dá tudo na mesma.

— Dá na mesma, não, senhora! — contestou o Chapeleiro. — Uma coisa é dizer "Tudo que eu como, eu vejo", e outra muito diferente é dizer: "Tudo que eu vejo, eu como"!

— Da mesma forma que "Eu gosto de tudo o que tenho" não é o mesmo que "Eu tenho tudo de que gosto".

— Tanto faz, como tanto fez — intrometeu-se o Ratinho, que parecia estar falando enquanto dormia, — dizer "Eu respiro enquanto durmo", ou "Eu durmo enquanto respiro".

— No seu caso — disse o Chapeleiro, — realmente é a mesma coisa.

Depois disso, o assunto morreu e todos silenciaram durante um minuto, enquanto Alice dava tratos à bola para descobrir as possíveis semelhanças entre um corvo e uma escrivaninha, as quais não deviam ser muitas.

O primeiro a quebrar o silêncio foi o Chapeleiro, que perguntou:

— Que dia do mês é hoje?

Nesse meio tempo, tirando um relógio do bolso, ficou a observá-lo apreensivamente, sacudindo-o de vez em quando e levando-o ao ouvido para escutar se estaria funcionando.

Alice pensou um pouco e respondeu:

— Dia quatro.

— Dois dias de atraso! — lamentou-se o Chapeleiro, olhando de cenho franzido para a Lebre-de-março. — Eu lhe disse que a manteiga iria estragar!

— Era manteiga de primeira qualidade — desculpou-se a Lebre-de-março.

— Mas nem por isso você devia passá-la com a faca de pão. Acaba caindo farelo dentro da mantegueira.

A Lebre-de-março tomou o relógio e olhou-o com desalento; depois, mergulhou-o na xícara de chá e consultou-o de novo. Todavia, tudo o que fez em seguida foi repetir o que havia dito pouco antes:

— Era manteiga de primeira!

Olhando por cima de seu ombro, cheia de curiosidade, Alice disse:

— Mas que relógio engraçado! Dá o dia do mês, mas não marca as horas!

— E por que deveria? — perguntou o Chapeleiro. — Por acaso o seu relógio indica em que ano estamos?

— Não, mas isso se entende — respondeu Alice prontamente. — A gente permanece no mesmo ano durante um longo tempo.

— Meu relógio também não indica o ano. Igual ao seu... — arrematou o Chapeleiro.

Alice sentia-se cada vez mais intrigada. O que o Chapeleiro dizia parecia não ter sentido, e ao mesmo tempo parecia que tinha. Sem querer ofendê-lo, ela comentou:

— Não entendo coisa alguma que você diz.

— O Ratinho já dormiu de novo — disse o Chapeleiro, mudando inteiramente de assunto e derramando um pouco de chá quente no focinho do infeliz.

O Ratinho sacudiu a cabeça irritado, e disse, sem abrir os olhos:

— Sim, sim, era isso mesmo o que eu já ia dizer.

— E então — voltou-se o chapeleiro para Alice, — já encontrou a resposta?

— Não. Desisto. Qual é?

— Não faço a mínima idéia — respondeu o Chapeleiro.

— Nem eu — acrescentou a Lebre-de-março.

Alice deu um suspiro fundo, dizendo:

— Acho que eu devia aproveitar meu tempo, ao invés de gastá-lo tentando encontrar respostas inexistentes de charadas ridículas.

— Se você conhecesse o Tempo tão bem como eu o conheço — disse o Chapeleiro, — não o trataria com essa familiaridade. Diria "Senhor Tempo".

— Não entendo o que você está dizendo.

— Nem pode entender, — concordou o Chapeleiro, meneando a cabeça com ar desdenhoso. — Sou capaz de jurar que você jamais conversou com o Tempo.

— Talvez — respondeu Alice, com alguma prudência, — mas eu sei que tenho de marcar o tempo quando estou estudando música.

— Ahá, eu sabia! E o Tempo não gosta de modo algum dessas marcações, viu? Se você usar de cortesia sempre que tratar com ele, só terá a lucrar, pois ele fará com o relógio o que você quiser. Suponha, por exemplo, que são nove da manhã — hora de começar as aulas. Basta que você sussurre um pedido ao Tempo, e ele fará o relógio girar velozmente, até marcar uma e meia: hora de almoçar!

("Bem que eu gostaria de almoçar", pensou a Lebre-de-março, suspirando).

— Isso seria bem interessante — comentou Alice, — mas há um problema: a hora do almoço chegaria antes que eu estivesse com fome...

— Logo, logo, talvez você estivesse sem fome, mas aquele horário de uma e meia poderia permanecer fixo, tanto quanto você achasse que ele deveria durar.

— E é assim que você faz?

O Chapeleiro sacudiu a cabeça tristemente, dizendo:

— Oh, não... Nós tivemos uma discussão feia, em março passado, logo que essa daí — e apontou a Lebre-de-março com a colher de chá — ficou doida... Foi por ocasião daquele grande concerto promovido pela Rainha de Copas, quando eu tive de cantar aquela canção que diz assim:

Pisca, pisca, meu morcego,
e sai do seu aconchego.

Você conhece, não é?

— Conheço uma parecida — respondeu Alice.

— Não é a mesma? Ouça como ela continua:

Voa, voa, ao deus-dará,
como xícara de chá.
Pisca, pisca, pisca.

Nesse instante, o Ratinho começou a marcar o ritmo com a cabeça e, sem acordar, começou a cantar, repetindo sempre a mesma palavra:

— *Pisca, pisca, pisca, pisca* (...)

Foi preciso dar-lhe um beliscão para que ele parasse.

— Pois bem — prosseguiu o Chapeleiro, — mal tinha eu terminado a primeira estrofe, quando a Rainha berrou: "Ele está assassinando o tempo! Cortem-lhe a cabeça!"

— Que selvageria! — exclamou Alice.

— Desse dia em diante — continuou o Chapeleiro, em tom choroso, — o Tempo deixou de fazer o que lhe peço, e parou o horário para mim às seis da tarde.

— Ah, entendo — concluiu Alice. — É por essa razão que a mesa de chá está sempre posta, não é?

— Isso mesmo — concordou o Chapeleiro. — Está sempre na hora do chá, e sequer tenho tempo de lavar as vasilhas e talheres no intervalo.

— Vocês apenas trocam de lugar?

— Exatamente. Deixamos sujo aquilo que usamos, e mudamos de lugar, passando a usar o que ainda está limpo.

— E quando tudo estiver sujo, como farão?

— Esse assunto já está cansativo — interrompeu a Lebre-de-março, bocejando. — Sugiro que a senhorita nos conte uma história.

— Receio não conhecer uma sequer... — desculpou-se Alice, sem vontade de fazer o que lhe pediam.

— Então, o Ratinho irá contar uma! — exclamaram os dois ao mesmo tempo. — Vamos, Ratinho, acorde!

E cada um aplicou-lhe um beliscão, fazendo-o abrir os olhos e dizer:

— Não precisam beliscar, que eu não estava dormindo...

Com voz rouca e fraca, ele continuou:

— Ouvi cada palavra que vocês disseram...

— Conte-nos uma história — ordenou a Lebre-de-março.

— Sim, por favor — pediu Alice.

— E bem depressa — completou o Chapeleiro, — antes que acabe dormindo de novo.

— Era uma vez três irmãs, de nomes Elza, Lúcia e Tília — começou o Ratinho, falando depressa. — As três moravam no fundo de um poço.

— E viviam de quê? — indagou Alice, sempre preocupada com questões de comidas e bebidas.

— Viviam de comer melado — respondeu o Ratinho, depois de raciocinar durante um ou dois minutos.

— Não dá para viver assim, você bem sabe — discordou Alice, tentando não ofendê-lo. — Elas acabariam ficando doentes.

— E ficaram mesmo — disse o Ratinho. — Muito doentes!

Alice tentou imaginar como seria a vida das três infelizes, mas acabou desistindo, e voltou a perguntar:

— Mas por que elas eram obrigadas a morar no fundo de um poço?

— Tome mais uma xícara de chá — disse a Lebre-de-março, tentando mostrar-se gentil.

— Como "mais uma" — estranhou Alice, — se ainda não tomei a primeira?

— Sempre se pode tomar "mais uma" — interveio o Chapeleiro. — O que não se pode é tomar "menos uma".

— E quem pediu sua opinião? — disse Alice, aborrecida.

— Quem é que está fazendo observações pessoais agora? — indagou o Chapeleiro, com ar triunfante.

Dessa vez, Alice não soube o que responder; assim, preferiu servir-se de chá e de pão com manteiga. Em seguida, voltou-se para o Ratinho e repetiu a pergunta:

— Por que eram elas obrigadas a morar no fundo de um poço?

— Porque aquele era um poço de melado.

— Ora, isso não existe! — protestou ela, zangada, enquanto a Lebre-de-março e o Chapeleiro pediam silêncio com gestos.

O Ratinho ficou emburrado e desfechou:

— Se não quer escutar a história com bons modos, é melhor que a conte.

— Oh, não, desculpe-me — disse Alice, com ar arrependido. — Por favor, prossiga. Mas não bastava que fosse apenas uma irmã?

— Que uma o quê! — explodiu o Ratinho, com indignação, continuando logo em seguida: — Portanto, essas três irmãs estavam aprendendo a tirar o que havia no poço.

— Como assim? Tirar o quê? — perguntou Alice, esquecendo-se de sua promessa.

— Tirar melado, ora — respondeu o Ratinho, dessa vez sem se aborrecer.

— Quero uma xícara limpa — interrompeu o Chapeleiro. — Vamos mudar de lugar.

No mesmo instante, mudou-se para o assento a sua esquerda, trazendo o Ratinho para perto de si, enquanto a Lebre-de-março ocupava o lugar do Ratinho, e Alice, mesmo sem querer, ocupava o lugar da Lebre-de-março. O Chapeleiro foi o único a tirar proveito da mudança. Alice ficou bem prejudicada, porque a Lebre-de-maço, ao mudar de lugar, acabou derrubando a leiteira e derramando leite na toalha e no pires que agora era da menina.

Receando aborrecer o Ratinho, mas não conseguindo conter sua curiosidade, ela perguntou, em tom gentil:

— Não entendi uma coisa: de onde elas tiravam o melado?

— Você é mesmo burrinha... Não se tira água do poço que tem água? Do poço que tem melado, tira-se melado, ora...

— Tira-se, quando se está de fora. Acontece que elas moravam dentro dele — argumentou Alice, sem se importar com as conseqüências dessa observação.

— É claro que elas moravam no poço — concordou o Ratinho. — Dentro dele. No fundo do poço.

Dessa vez Alice ficou realmente sem entender coisa alguma. O Ratinho continuou a constar sua história, agora sem ser interrompido:

— As três irmãs estavam aprendendo a tirar do poço o que havia lá dentro, e lá dentro não havia somente melado — nesse instante, ele bocejou longamente e esfregou os olhos, morto de sono, — mas muitas outras coisas começadas pela letra *M*.

— Por que logo com M? — perguntou Alice, não se contendo.

— E por que não? — contestou a Lebre-de-março.

Alice preferiu não replicar. O Ratinho, aproveitando a interrupção, tinha fechado os olhos e tirava uma soneca. Logo o Chapeleiro deu-lhe um beliscão, e ele prosseguiu:

— Começadas pela letra M, tais como mosquiteiros, máscaras, memória, miscelânea (como você sabe, uma mistura de coisas variadas constitui uma miscelânea). Já imaginou em que consiste extrair miscelânea de um poço?

— Está aí uma coisa que nem consigo imaginar como seria...

— Então, cale-se! — ordenou o Chapeleiro.

Dessa vez a grosseria foi demasiada. Sentindo-se ofendida, Alice levantou-se da mesa e foi-se embora dali. No mesmo instante, o Ratinho adormeceu. Os outros dois sequer notavam sua saída, ainda que ela tenha olhado para trás duas ou três vezes, na esperança de que a chamassem de volta. Da última vez em que se voltou, ela viu que o Chapeleiro e a Lebre-de-março estavam se esforçando para enfiar o pobre Ratinho dentro da chaleira.

— Nunca mais voltarei àquele lugar — disse ela, furiosa, enquanto caminhava através da floresta. — Foi o chá mais estúpido que tomei em toda a minha vida!

Logo depois de dizer isso, ela notou que uma das árvores da floresta tinha uma portinha que dava acesso ao seu interior. "Que coisa mais curiosa!??", pensou ela. "Hoje é o dia das ocorrências espantosas. Acho que vou entrar aí dentro." E entrou.

Novamente, deparou com um amplo salão, no meio do qual se via uma mesa de vidro. "Dessa vez, já sei como devo agir", pensou ela, apanhando a chave de ouro que estava sobre o tampo da mesa e abrindo a portinha que dava para o jardim. Só em seguida mordiscou o cogumelo (tinha um pedaço guardado dentro do bolso), até que sua altura se reduziu a um pé (30 cm). Aí, sim, ela entrou pelo corredor e chegou, finalmente, àquele jardim encantador, repleto de canteiros de flores multicores e de fontes de água límpida e fresca.

Capítulo 8

O Jogo de Croqué da Rainha

Logo junto à entrada do jardim havia uma enorme roseira de rosas brancas. Três jardineiros trabalhavam com afinco na planta, pintando todas as rosas de vermelho. Alice achou aquilo muito curioso, chegando-se para perto, a fim de observar o trabalho. Ao se aproximar, ouviu a conversa dos jardineiros, que estavam dizendo o seguinte:

— Veja lá, Cinco! Pare de respingar tinta em mim, ouviu?

— Não foi culpa minha. Foi o Sete que esbarrou em meu cotovelo.

— Lá vem você outra vez, Cinco! — protestou Sete. — Está sempre jogando a culpa nos outros!

— Veja lá quem está falando! — replicou Cinco. — Ontem mesmo a Rainha já disse que você deveria ser decapitado...

— E por que motivo? — perguntou o que havia falado primeiro.

— Não é de sua conta, Dois — respondeu Sete com maus modos.

— É da conta dele, sim! — contestou Cinco. — Vou contar-lhe o que foi que aconteceu. Era para ele levar cebola para a cozinha, e ele acabou levando raiz de tulipa.

Furioso, Sete atirou o pincel no chão, e já se preparava para externar seu protesto veemente contra aquela calúnia, quando deu com Alice, parada ali perto a observá-los. Calou-se imediatamente e fez uma reverência, no que logo em seguida foi imitado pelos outros dois jardineiros-pintores.

— Poderiam explicar-me — perguntou Alice um tanto timidamente — por que estão pintando essas rosas?

Cinco e Sete nada disseram, limitando-se a olhar para Dois, que começou a explicar, em voz sumida:

— Bem, Senhorita, de fato, o que houve é que aqui neste lugar deveria ter sido plantada uma roseira de rosas vermelhas. Por engano, plantamos uma roseira de rosas brancas. Se a Rainha descobrir isso, mandará cortar nossas cabeças, como a senhorita bem pode imaginar. Por isso, estamos fazendo o possível para corrigir o erro, antes que ela venha a notá-lo.

Nesse instante, Cinco, que estivera vigiando atentamente durante todo o tempo, empalideceu e gritou:

— A Rainha! A Rainha!

Imediatamente, os três atiraram-se de bruços ao chão. Ouviu-se o som de passos que se aproximavam, e Alice olhou para o lado de onde provinha o barulho, ansiosa por ver como seria a tal rainha.

Primeiro, vinham dez soldados, as dez cartas de baralho numeradas, do naipe de paus. Tinham o mesmo aspecto e formato dos jardineiros, ou seja: eram retangulares e chatos, com pernas e braços saindo de suas quatro extremidades. Em seguida, vinham dez cortesãos, enfeitados com losangos vermelhos: eram as cartas do naipe de ouros, marchando aos pares, como soldados. Logo após, dez crianças, saltando alegremente, de duas em duas, todas de mãos dadas. Eram as cartas de naipe de copas. Encerrando o séquito, os hóspedes reais, que eram as figuras do baralho, entre as quais realçavam os reis e as damas. No meio deles vinha o Coelho Branco, que Alice logo reconheceu. Vinha conversando de maneira apressada e nervosa, sorrindo a qualquer coisa que lhe dissessem. Passou por ela sem notar sua presença. Fechando o cortejo, as três figuras de copas: o Valete, trazendo nas mãos a coroa real, sobre uma almofada de veludo encarnado, e, por último, o Rei e a Dama de Copas: O Casal Real.

Alice ficou em dúvida: deveria ou não cair de cara no chão, como os jardineiros? Todavia, como jamais ouvira falar da existência de tal norma durante os cortejos reais, preferiu ficar olhando de pé, sem se mexer. "Afinal de contas", pensou, "se todos ficaram com o rosto voltado para o chão durante um cortejo, quem poderá assistir a ele?"

Quando o séquito estava passando diante de Alice, todos pararam e ficaram olhando para ela. A Rainha logo perguntou, com voz desconfiada:

— Quem é essa daí?

O Valete de Copas, a quem a pergunta fora dirigida, limitou-se a se voltar para Alice, inclinando-se sorridentemente num cumprimento.

— Seu idiota! — exclamou a Rainha, meneando a cabeça com impaciência. — Qual é seu nome, menina?

— Meu nome é Alice, Majestade — respondeu ela, polidamente, enquanto pensava: "Ora, não passam de cartas de baralho! Por que eu deveria ter medo delas?"

— E esses três aí, quem são? — perguntou a Rainha, apontando para os três jardineiros deitados ao redor da roseira.

Como eles estavam de bruços, ela não podia ver seus naipes, nem distinguir se seriam jardineiros, soldados, cortesão, crianças ou figuras.

— Eu é que teria de saber? — perguntou Alice, surpresa com sua própria ousadia. — Nada tenho a ver com eles.

A Rainha ficou rubra de raiva com a resposta. Depois de encarar a menina com semblante de fera selvagem, explodiu:

— Cortem-lhe a cabeça! Cortem...

— Deixe de estupidez! — interrompeu Alice, em voz tão alta e decidida, que a Rainha até emudeceu.

O Rei segurou-lhe o braço e pediu timidamente;

— Deixe para lá, querida; ela não passa de uma criança...

A Rainha soltou-se com um safanão e ordenou ao Valete:

— Vire esses três de barriga para cima!

O Valete obedeceu, virando-os cuidadosamente com o pé.

— Fiquem de pé! — ordenou a Rainha em voz estridente.

Os três ergueram-se imediatamente, fazendo reverências para o Rei, a Rainha, os cortesãos e todos os componentes do cortejo.

— Parem com isso! — berrou a Rainha. — Vocês me deixam tonta!

Em seguida, enquanto examinava a roseira, indagou:

— Que é que vocês três estavam fazendo aí?

— Queira desculpar-nos, Majestade — tartamudeou Dois, — mas estávamos tentando...

— Já vi! — exclamou ela, olhando atentamente uma rosa. — Cortem-lhes as cabeças!

O cortejo prosseguiu seu caminho, deixando ali três soldados, com a incumbência de executar os três infelizes jardineiros, os quais, apavorados, procuraram refugiar-se junto à Alice, em busca de proteção.

— Não se preocupem. Vocês não serão decapitados — acalmou-os Alice, colocando-os dentro de um enorme vaso que estava ali perto.

Os três soldados, que não tinham presenciado a cena, rodaram por ali durante dois ou três minutos, à procura dos condenados, até que desistiram, seguindo com Alice atrás do cortejo. Ao vê-los, a Rainha perguntou:

— Então, cumpriram minha ordem?

— Os três perderam a cabeça, Majestade.

— Excelente! E você, menina, sabe jogar croqué?

— Sei — respondeu Alice em voz alta.

— Então, acompanhe-nos — ordenou a Rainha.

Alice seguiu atrás do cortejo, imaginando o que poderia acontecer em seguida.

— Lindo... lindo dia, não? — perguntou alguém a seu lado, em voz tímida.

Era o Coelho Branco, que a encarava com ar aflito.

— Sim, um lindo dia. — respondeu Alice. — Onde está a duquesa?

— Psiu! — fez o Coelho Branco assustado, olhando para os lados, receando ser ouvido por alguém.

Em seguida, pondo-se na ponta dos pés, segredou ao ouvido da menina:

— Está presa, aguardando execução.

— Qual o crime dela? — perguntou Alice.

— Você disse "Coitadinha dela"?

— Claro que não! Perguntei qual foi o crime que ela cometeu.

— A Duquesa deu um tabefe na orelha da Rainha — sussurrou o Coelho, enquanto Alice caía na risada. — Não, não; não ria! Disfarce, que ela pode escutar! A Duquesa chegou tarde para o jogo e, quando a Rainha a repreendeu...

— Tomem seus lugares! — ordenou a Rainha, em altos brados.

Todos correram como baratas tontas, chocando-se uns contra os outros; em pouco, porém, cada qual ocupava seu lugar, e o jogo teve início.

Alice jamais havia visto um campo de croqué tão esquisito como aquele. O gramado era cheio de altos e baixos; as bolas de croqué eram ouriços vivos, e os tacos eram flamingos. Quanto aos arcos sob os quais as "Bolas" teriam de passar, eram formados pelos soldados, que, para tanto, se curvavam, apoiando-se sob as mãos e os pés.

Para Alice, o mais difícil foi empunhar seu taco-flamingo. Conseguiu enfiá-lo sob o braço, deixando as pernas da ave pendentes; porém, quando quis desferir uma "tacada", ele torceu o pescoço e ficou olhando para ela com uma expressão tão intrigada, que a menina não pôde conter uma boa gargalhada. Com jeito, conseguiu virá-lo de cabeça para baixo; entretanto, no momento de tentar acertar a "bola" espinhenta, o ouriço se esticou e saiu andando, subindo e descendo por entre as irregularidade do chão. Acrescente-se a tudo isso que os arcos não eram fixos, já que os soldados costumavam levantar-se, indo ocupar outras posições, quando se cansavam da que até então ocupavam. De fato, era bem difícil marcar pontos naquele jogo...

Os jogadores não aguardavam sua vez, mas jogavam todos simultaneamente, discutindo sem parar. A disputa para acertar os poucos ouriços era feroz. A mais irritada era a Rainha, que já não conseguia conter-se, disparando ordens de cortar a cabeça para todos os lados e de minuto em minuto.

Alice começava a sentir-se um tanto desassossegada. Ainda não tivera qualquer contratempo com a Rainha, mas a qualquer momento poderia acontecer algum problema. "E aí", pensava, "que acontecerá comigo?" O fato é que, se todas as sentenças de morte da Rainha fossem levadas a cabo, em breve não haveria um só participante do jogo que ainda conservasse sua cabeça.

A menina tentava encontrar um modo de escapar dali sem ser vista, quando notou alguma coisa que tremeluzia no ar. Sem compreender do que se tratava, ficou por um ou dois minutos a fitar a aparição, até entender que aquilo era um sorriso. "É o Gato sorridente, disse para si própria. "Que bom! Agora terei com quem conversar".

— Como está se saindo? — perguntou o Gato, logo que teve boca suficiente para falar.

Alice esperou que os olhos do bichano aparecessem, e então cumprimentou-o com a cabeça. "Não vou dizer coisa alguma até que suas orelhas apareçam", pensou. "É preciso haver pelo menos uma, para que ele escute."

Passado um minuto, apareceu a cabeça do Gato inteira. Só então Alice depositou seu flamingo no chão e começou a contar para o animal como é que se estava desenrolando o jogo, satisfeita de ter alguém que a escutasse. Quanto ao Gato, achando que sua cabeça era suficiente para manter uma conversação, preferiu deixar escondido o resto do corpo.

— Não acho que eles estejam jogando de acordo com as regras — comentou Alice, em tom queixoso. — Discutem o tempo todo, passam por cima do regulamento, aprontam a maior confusão. E o pior é que tudo aqui está vivo e se movimenta. Veja, por exemplo, o arco que deveria estar aqui perto, para que eu atirasse a bola

— Essa sopa parece estar muito apimentada
— murmurou Alice.
Cap.6, pág. 55

debaixo dele: saiu andando, e agora está do outro lado do gramado! Pouco tempo atrás, quando eu ia dar uma tacada na minha bola, a da Rainha passou correndo, e eu acabei batendo nela.

— E que tal a Rainha? Gosta dela? — perguntou o Gato, abaixando a voz.

— Nem um pouco! — exclamou Alice. — Ela é tão....

Nesse instante, notando que a Rainha estava bem atrás dela, escutando sua resposta, mudou o rumo das palavras e prosseguiu:

—.... tão boa jogadora, que a gente até fica triste ao pensar que o jogo irá terminar!

A Rainha sorriu ante o elogio e seguiu seu caminho.

— Com quem você está conversando? — perguntou o Rei, que acabara de chegar ali, olhando com grande curiosidade para a cabeça do Gato.

— Com um amigo meu, um gato da raça *cheshire* — respondeu Alice. — Permita-me apresentá-lo a Vossa Majestade.

— Não gosto nada de seu aspecto —comentou o Rei, — entretanto, se ele quiser beijar minha mão, tem minha permissão.

— Não, não quero — disse o Gato.

— Não seja impertinente! — repreendeu o Rei, recuando e escondendo-se atrás de Alice. — E não olhe para mm desse jeito!

— Um gato tem todo o direito de olhar para um rei — observou Alice. — li isso num livro, mas não me lembro em qual...

— Pois eu acho que ele deve ser extraditado — desfechou o Rei, com ar bravo.

E, dirigindo-se à Rainha, que passava ali perto, pediu-lhe:

— Por favor, querida! Quero que você mande extraditar esse gato.

A Rainha só conhecia um modo de solucionar qualquer dificuldade, grande ou pequena que fosse. Assim, sem sequer olhar para saber do que se tratava, ordenou:

— Cortem-lhe a cabeça!

— Eu mesmo vou buscar o carrasco — disse o Rei exultante, saindo dali às pressas.

Alice achou que era hora de voltar ao campo de croqué para ver como ia o jogo. À distância, escutou a voz da Rainha, gritando desesperadamente. Enquanto caminhava em sua direção, escutou-a condenando três jogadores que tinham deixado passar sua vez. Quanto à partida, era disputada de maneira tão confusa, que ninguém poderia saber de quem seria a vez de jogar. Alice saiu então à procura de seu ouriço.

Encontrou-o engalfinhado com outro ouriço, o que lhe proporcionava excelente oportunidade de acertar duas bolas com uma tacada só. A única dificuldade era que seu flamingo estava do outro lado do gramado, onde tentava inutilmente voar até alcançar os galhos de uma árvore frondosa.

Alice correu até ele, enfiou-o sob o braço e trouxe-o consigo até onde tinha visto seu ouriço pela última vez. Nessa altura, porém, o jogo já havia acabado, e ambos os ouriços haviam desaparecido. "Isso agora não importa", pensou ela, "já que os arcos

também desapareceram". Por via das dúvidas, manteve o flamingo preso e voltou para onde tinha deixado o Gato sorridente, a fim de retomar a conversação com seu amigo.

Quando chegou, avistou com surpresa uma multidão que rodeava o Gato. Travava-se um bate-boca entre o Rei, a Rainha e o Carrasco, enquanto os demais presentes mantinham-se calados, assistindo a tudo aquilo com ar inquieto.

Tão logo apareceu, Alice foi convocada pelos três para solucionar a pendência. Para tanto, todos queriam falar ao mesmo tempo, embaralhando seus argumentos e não lhe permitindo compreender direito em que consistia a disputa. Aos poucos, porém, foi entendendo o que cada um deles queria expor.

Alegava o Carrasco que não se pode cortar uma cabeça, desde que não haja um corpo ao qual ela se prenda. Aquilo era um ocorrência inédita, e ele não queria experimentar uma novidade nessa altura de sua vida.

Já o Rei argumentava que, desde que houvesse uma cabeça, seria possível cortá-la — isso era mais do que lógico.

Quanto à Rainha, dizia ela que, se alguma providência não fosse tomada imediatamente, fosse qual fosse, todos os presentes seriam decapitados. (Essa ameaça era a responsável pelos semblantes sérios e aflitos que se viam por ali).

Chamada a dar seu parecer, Alice não soube dizer senão o seguinte:

— Já que o Gato pertence à Duquesa, o melhor que têm a fazer é consultá-la a respeito do assunto.

— A Duquesa está na prisão. Traga-a já até aqui — ordenou a Rainha ao Carrasco, que tratou imediatamente de cumprir a ordem.

Nesse momento, a cabeça do Gato começou a desvanecer vagarosamente, até desaparecer de todo. Quando a Duquesa chegou, ele já não podia ser visto. O Rei e o Carrasco procuraram-no por todos os lados, em vão, enquanto o resto do pessoal retornou ao gramado, para dar prosseguimento ao jogo.

Capítulo 9

A História da Tartaruga Falsa

Você não pode imaginar a alegria que sinto em reencontrá-la, minha queridinha! — exclamou a Duquesa, tomando do braço de Alice e pondo-se a caminhar a seu lado.

Alice estranhou aquela cortesia inesperada, imaginando que sua braveza anterior teria sido provocada pela pimenta que impregnava o ambiente da cozinha, quando a encontrou pela primeira vez. "Quando eu me tornar uma duquesa", pensou ela, embora sem muita certeza de que isso um dia pudesse acontecer, "não deixarei que usem qualquer tipo de pimenta na cozinha de meu palácio. O sabor da sopa nada perderá com isso. É possível que o mau humor das pessoas seja devido ao uso da pimenta". Essa conclusão original alegrou-a, e ela continuou dando asas ao seu pensamento: "A pimenta torna as pessoas ardentes; o vinagre torna-as ácidas, a camomila deixa-as amargas, e... e o açúcar e todas as demais substâncias fazem com que as crianças sejam dóceis. Pena que os adultos não saibam disso, pois, se soubessem, não seriam tão sovinas na hora de comprar essas coisas para nós..."

Nessa altura dos acontecimentos, ela já praticamente se esquecera da presença próxima da Duquesa; assim, teve um pequeno sobressalto ao escutar sua voz, segredando em seu ouvido:

— Você está tão mergulhada em seus pensamentos, querida, que até está se esquecendo de conversar. Não sei qual seria a moral disso, mas deixe estar que logo saberei.

— Talvez não haja nenhuma moral nisso — arriscou Alice.

— Ahn, ahn, criança! — protestou a Duquesa. — Tudo tem sua moral. A questão é encontrá-la.

À medida que falava, chegava mais perto da menina, que não estava gostando nada daquela proximidade exagerada; primeiro, porque a Duquesa era horrorosa; segundo, porque ela possuía um queixo pontudo, que ficava o tempo todo dando fincadas em seu ombro. Aquilo era de fato desconfortável; entretanto, Alice não queria ser rude, procurando conservar uma certa distância, mas sem dar muito na vista.

— A partida de croqué deve estar bem animada neste instante — observou a menina, na tentativa de manter a conversa.

— É verdade — concordou a Duquesa, — e a moral disso é que o amor faz a Terra girar.

— Ouvi alguém dizer, há pouco — retrucou Alice — que o mundo giraria mais depressa se cada qual cuidasse de seus próprios assuntos...

— Também não deixa de ser verdade — concordou a Duquesa, enfiando o queixo pontudo no ombro de sua interlocutora. — E a moral disso é que devemos cuidar dos fatos, já que os boatos cuidam de si próprios.

"Como ela gosta de ficar encontrando a moral de tudo o que se diz!", pensou Alice.

— Garanto que você deve estar estranhando o fato de eu ainda não ter passado o braço em torno de sua cintura — disse a Duquesa. — A razão é a seguinte: estou em dúvida se seu flamingo é manso ou bravo. Que me diz quanto a isso?

— Ele costuma bicar — disse Alice prontamente, esperando com isso que a outra desistisse de enlaçar sua cintura.

— Isso é verdade — concordou a Duquesa. — Flamingos e mostardas bicam a valer. E a moral é a seguinte: "Aves de pena voam em bandos".

— Mas há um detalhe — observou Alice: — mostarda não é ave.

— Correto, como sempre — concordou a Duquesa. — Você sabe expor o que sabe com grande clareza!

— Acho que é um mineral — arriscou Alice.

— Claro que é — concordou novamente a Duquesa, que parecia disposta a aceitar como certo tudo o que Alice dizia. — Perto daqui existe uma rica mina de mostarda. E a moral é a seguinte: "A água não mina em qualquer mina".

— Oh, não! — exclamou Alice, sem se dar conta das últimas considerações da Duquesa. — Mostarda é vegetal, ainda que não pareça.

— Concordo inteiramente, e a moral é a seguinte: "Seja aquilo que você parecer ser". Ou, em outras palavras, para facilitar o entendimento: "Nunca imagine ser senão aquilo que parece ser, ainda que de fato não seja, ao invés de parecer que é aquilo que de fato não é e nem parece ser" — entendeu?

— Eu teria entendido melhor se visse isso aí escrito. Ouvindo, apenas, não deu para entender direito.

— Pois fique sabendo que eu resumi. Se quisesse poderia exprimir essa idéia de maneira ainda mais longa.

— Não é preciso! — disse Alice. — Não se preocupe em ser mais extensa do que já foi.

— Preocupar-me, eu? Nem pensar! Tanto é assim, que lhe dou de presente todas as frases que eu disse.

"Belo presente!", pensou Alice, sem querer expor essa observação em voz alta. "Ainda bem que as pessoas não dão esse tipo de presente nos aniversários..."

— Novamente mergulhada em seus pensamentos? — brincou a Duquesa, dando-lhe nova cutucada de queixo no ombro.

— Tenho o direito de pensar, não é? — retrucou Alice com rispidez, pois já começava a ficar aborrecida com a conversa da Duquesa.

— Claro que tem esse direito, do mesmo modo que os porcos têm o direito de voar. E a moral...

Nesse instante, para surpresa de Alice, a voz da Duquesa sumiu inteiramente, logo depois que ela pronunciou sua palavra favorita, enquanto o braço que ela lhe dava começou a tremer. Alice logo entendeu do que se tratava: à sua frente, de braços cruzados, carrancuda como uma tormenta, estava a Rainha!

— Que belo dia, não, Majestade? — balbuciou a Duquesa, recuperando parcialmente sua voz.

— Quero preveni-la! — explodiu a Rainha, batendo os pés no chão enquanto falava. — Dentro de um piscar de olhos, quero que desapareça daqui, ou você, ou sua cabeça! Escolha!

A Duquesa não demorou a escolher, saindo dali a toda pressa.

— Vamos prosseguir com o jogo — ordenou a Rainha a Alice, que preferiu nada responder, seguindo-a em silêncio rumo ao campo.

Aproveitando a ausência da Rainha, os outros jogadores estavam deitados à sombra, descansando. Logo que a viram, porém, retomaram apressadamente seus tacos, voltando a empenhar-se na partida, enquanto a Rainha se esgoelava, ameaçando decapitar todo aquele que errasse ou que perdesse a vez. "Cortem-lhe a cabeça!" era a frase que mais se ouvia durante a partida. Os que eram sentenciados ficavam sob a vigilância de dois soldados, que, naturalmente, tinham de abandonar sua função de arcos vivos, para assumir a de sentinelas. Ao fim de meia hora, não havia mais um arco em funcionamento, e todos os jogadores estavam sentenciados à morte, exceto Alice, o Rei e, evidentemente, a Rainha.

Nesse momento, ela deu o jogo por encerrado e, quase sem fôlego, perguntou à Alice:

— Você já viu a Tartaruga Falsa?

— Não! E nem faço idéia do que seja uma Tartaruga Falsa!

— Como não? — estranhou a Rainha. — Será que nunca lhe serviram uma "sopa de tartaruga falsa"?

— Essa sopa eu conheço, mas não a tartaruga falsa da qual ela é feita.

— Então vamos vê-la — ordenou a Rainha. — Vou mandar que ela lhe conte sua história.

Enquanto caminhavam, Alice escutou o Rei dizendo em voz baixa para todos os sentenciados à morte:

— Estão todos perdoados.

"Dessa eu gostei!", pensou ela, até então preocupada com o fim que seria dado a tantos condenados à morte.

Pouco à frente, encontraram um Grifo, dormindo a sono solto, em pleno sol. (Se você não sabe o que é um Grifo, olhe a figura que o representa).

— Acorde, preguiçoso! — ordenou a Rainha. — Leve essa jovem até a Tartaruga Falsa, para que ela ouça sua história. Quanto a mim, tenho de regressar, para supervisionar as decapitações que ordenei.

E foi o que ela fez, deixando Alice sozinha com o Grifo. Em princípio, Alice não gostou do aspecto daquela criatura, mas logo raciocinou que, com o Grifo, estaria

mais segura do que em companhia da Rainha. Assim, esperou para ver o que iria acontecer.

Primeiro, o Grifo sentou-se, espreguiçou e esfregou os olhos; depois, ficou olhando a Rainha, até que ela desapareceu ao longe. Então, deu uma risadinha e comentou para si próprio, mas de modo que Alice também escutasse:

— Ela é uma piada!

— Quem?

— A Rainha, ora! É tudo fantasia! Ela jamais executa sequer um daqueles sentenciados. Vamos, siga-me.

"Todos aqui gostam de dar ordens", pensou Alice, enquanto seguia o Grifo vagarosamente. "Nunca fui tão mandada em toda a minha vida!"

Não tinham andado muito, quando avistaram a Tartaruga Falsa, sentada ao longe, sobre um rochedo, imersa em profunda melancolia. À medida que se aproximavam, Alice ia escutando cada vez mais nitidamente seus suspiros, fundos de cortar o coração. A menina foi tomada de enorme compaixão.

— Por que ela está tão triste? — perguntou ao Grifo.

A resposta do Grifo foi parecida com a frase dita pouco antes:

— É tudo fantasia. Ela não tem qualquer motivo para ficar triste. Vamos, siga-me.

Os dois chegaram perto da Tartaruga Falsa, que os fitou com olhos rasos d'água, sem nada dizer.

— Esta senhorita — disse o Grifo — veio até aqui especialmente para escutar a sua história.

— Então, vou contá-la — respondeu a Tartaruga Falsa, em voz lamentosa e sumida. — Sentem-se e escutem. Não me interrompam antes que eu termine.

Depois que todos se sentaram, seguiram-se alguns minutos de completo silêncio. "Não sei como é que ela vai terminar sua história, se não a começa nunca....", pensou Alice. Mesmo assim, permaneceu calada, à espera do que iria acontecer.

— Antigamente — começou a Tartaruga Falsa, depois de um suspiro — eu era uma tartaruga de verdade.

A essas palavras, seguiu-se novo silêncio, quebrado eventualmente por um soluço da Tartaruga Falsa — ou um grunhido ("Hjckrrh!") — do Grifo. Alice já se preparava para levantar-se, agradecer pela interessantíssima história que havia escutado e dar o fora, quando viu que a Tartaruga Falsa ia retomar a narrativa. Assim, permaneceu sentada e escutou:

— Quando nós éramos crianças — prosseguiu ela com mais fluência, embora ainda entrecortando sua fala de suspiros e soluços ocasionais, — freqüentamos a escola do mar. A professora era uma velha tartaruga verdadeira, que nós costumávamos chamar de Dona Cascuda.

— Por que lhe deram esse apelido? — perguntou Alice.

— Porque ela costumava dar-nos cascudos, quando ficava brava. Você deveria ter adivinhado isso, sem que eu tivesse de dizer.

— Se raciocinasse de vez em quando — reforçou o Grifo, — não faria perguntas como essa, que só podem envergonhá-la.

Alice sentiu vontade de enfiar a cara no chão, depois dessa admoestação. Pouco depois, o Grifo voltou a falar, dirigindo-se dessa vez à Tartaruga Falsa:

— E então, companheira? Vamos em frente, que não temos o dia inteiro para escutá-la.

— Oh, sim, sim. Como eu disse, nós freqüentamos a escola do mar, ainda que você não acredite.

— Eu nunca disse que não acreditava nisso! — protestou Alice.

— Deu a entender. — retrucou a Tartaruga Falsa.

— E controle sua língua! — acrescentou o Grifo, antes que ela replicasse.

A Tartaruga Falsa continuou:

— Tivemos uma educação primorosa. Íamos às aulas diariamente.

— Eu também vou à escola diariamente — protestou Alice. — Não há mérito algum nisso.

— E assiste a aulas de disciplinas opcionais? — perguntou a Tartaruga Falsa, demonstrando uma certa ansiedade.

— Claro que sim. Francês e Música, por exemplo.

— E Ciência de Lavar Roupa?

— Isso não!

— Ah! — exclamou exultante a Tartaruga Falsa. — Então você não está numa escola de primeira ordem! Pois essa disciplina constava na relação de matérias opcionais: Francês, Música e Ciência de Lavar Roupa.

— Não deve ser uma disciplina das mais úteis, lá no fundo do mar... — comentou Alice com ironia.

— Mesmo assim, tínhamos de estudá-la, sem falar das matérias obrigatórias.

— E quais eram elas?

— As básicas, evidentemente, eram Enrolação e Torcedura, além dos diferentes ramos da Aritmética: Ambição, Distração, Enfeiamento e Escárnio.

— Nunca ouvi falar de "Enfeiamento". De que se trata?

O Grifo ergueu as patas, demonstrando espanto:

— Quê? Nunca ouviu falar em "Enfeiamento"? Suponho que saiba o que significa "embelezamento", não é?

— Sim — respondeu Alice, embora sem muita certeza. — Embelezar é... fazer uma coisa ficar... mais bonita.

— Então? Enfeiar é o contrário de embelezar — concluiu o Grifo. — Quem não souber isso é pateta...

Com essa, Alice resolveu mudar de assunto e, voltando-se para a Tartaruga Falsa, perguntou:

— Que mais você estudou?

— Tivemos ainda aulas de Mistério — prosseguiu ela, indicando as unhas das mãos, como se estivesse contando, — tanto Antigo como Moderno; de Geaguafria, de Conversa Mole... O professor dessa matéria era uma enguia, que vinha à escola uma vez por semana. Para outras séries, ela ensinava ainda Espichamento e Desfalecimento Espiralado.

— Em que consiste este último?

— Não posso mostrar-lhe, porque perdi o estilo e ando muito enferrujada. O Grifo também não pode, porque não freqüentou as aulas dessa disciplina.

— Não tive tempo — desculpou-se o Grifo. — Tive de freqüentar as aulas do professor de disciplinas clássicas, um caranguejo velho e muito rabugento.

— Nunca estudei com ele — comentou a Tartaruga Falsa, soluçando alto. — Soube que ele dava boas aulas de Riso e Pesar; era o comentário geral.

— É verdade, sim, senhora... — comentou dessa vez o Grifo, suspirando com ar pensativo e também escondendo o rosto entre as mãos.

— Quantas horas por dia duravam as aulas? — indagou Alice, tentando mudar de assunto.

— No primeiro dia, dez horas; no segundo, nove, e assim por diante.

— Que esquema curioso! — exclamou Alice.

— Foi essa a maneira prática que encontraram de nos ensinar a escala decrescente — explicou o Grifo.

Aquela idéia era nova para Alice, que ficou pensativa durante algum tempo, antes de observar:

— Seguindo esse esquema decrescente, o décimo-primeiro dia passa a ser um feriado...

— Isso mesmo — confirmou a Tartaruga Falsa.

— E o que se faz no décimo-segundo?

— Não acha que esse assunto já está aborrecido? — interrompeu o Grifo, em tom decidido. — Vamos falar agora sobre diversões.

Capítulo 10

A Quadrilha das Lagostas

A Tartaruga Falsa suspirou profundamente e esfregou os olhos com uma das patinhas. Olhou para Alice e tentou falar, mas, durante um ou dois minutos, soluços embargaram sua voz.

— É como se ela estivesse com um osso na garganta — explicou o Grifo, ao mesmo tempo em que a sacudia violentamente e lhe aplicava um forte soco nas costas.

Por fim, ela recobrou a fala e, ainda com lágrimas escorrendo pela faces, prosseguiu:

— Pode ser que você não tenha muito costume de viver sob o mar...

— De fato, não tenho — confirmou Alice.

— ... e talvez nunca tenha sido apresentada a uma lagosta...

— Certa vez provei... — começou Alice, contendo-se subitamente e corrigindo em seguida: — Não, nunca.

— ... de maneira que você nem pode imaginar a delícia que seja dançar uma Quadrilha das Lagostas!

— De fato, nem posso imaginar. Como é essa dança?

— Ah, — exclamou o Grifo, intrometendo-se na conversa. — Primeiro, os dançarinos formam uma fila ao longo da linha da praia...

— Duas filas! — corrigiu a Tartaruga Falsa. — Nelas se alinham focas, tartarugas, salmões, etc, depois que as areias foram limpas, e que já retiraram delas todas as águas-vivas que ali havia.

— Essa tarefa costuma levar algum tempo — aparteou o Grifo.

— Em seguida, você avança dois passos...

— Cada dançarino com sua parceira, que é uma lagosta — explicou o Grifo.

— Isso mesmo. Avança dois passos, deixa a parceira, troca de par...

— ... e recua para seu lugar — completou o Grifo.

— Então, você pega a parceira, gira-a no ar...

—... e atira bem longe... — gritou o Grifo, dando um salto.

—... bem no meio do mar, o mais longe que conseguir...

—... e sai nadando atrás dela...

—... mergulha, dá uma cambalhota dentro da água... — e a Tartaruga Falsa gesticulava e esperneava para explicar melhor.

— ... troca de par mais uma vez — berrou o Grifo, no auge da excitação.

—... e volta para a terra! — exclamou a Tartaruga Falsa, que prosseguiu, agora em voz comedida: — Nesse ponto termina a primeira parte da dança.

As duas criaturas, que durante a descrição da dança tinham pulado e esperneado selvagemente, aquietaram-se e voltaram a sentar-se, mirando Alice com um semblante tristonho.

— É... — disse ela. — Parece ser uma bela dança...

— Gostaria que eu dançasse um pouquinho para você ver? — perguntou a Tartaruga Falsa.

— Sim, gostaria muito!

— Venha, ajude-me a mostrar-lhe — disse a Tartaruga Falsa, dirigindo-se ao Grifo. — É bem verdade que faltam as lagostas, mas isso não importa. Você canta a música.

— Ah, nem pensar! — protestou o Grifo. — Cante você. Esqueci a letra.

Os dois começaram a dançar de maneira solene ao redor de Alice, erguendo-se na ponta dos pés quando passavam rente a ela, e batendo as patas de cima para marcar o compasso. Nisso, a Tartaruga Falsa começou a entoar uma cantiga lenta e tristonha, cuja letra dizia o seguinte:

"Quero que andes mais depressa", diz a Pescada ao Caracol; "neste passo, chegaremos só depois do pôr-do-sol! Lagostas e tartarugas já se encontram no lugar; se lá não chegarmos logo, não vamos participar! Você quer ou não dançar? Pois trate de se apressar!

Você vai ver que delícia ser atirado para o alto e cair em meio às ondas, depois de um enorme salto!" O caramujo replica: "Cair no meio do mar? E se for longe da praia? Tenho medo de afogar!" "Você quer ou não dançar?
Pois trate de se apressar!"

Por mais longe que o atirem, já que essa é a regra da dança, sempre haverá praia próxima, na Inglaterra ou na França.
Por isso, amigo, acelere, tenho pressa de chegar
à praia das tartarugas, que a dança vai começar.
Você quer ou não dançar?
Pois trate de se apressar!"

— Obrigado — disse Alice, aliviada ao ver que a dança havia acabado. — É de fato uma dança muito interessante! Gostei também dessa letra que fala sobre a pescada.

— Ah, sim, a pescada — disse a Tartaruga Falsa. — Conhece pescada, não é?

— Costumo vê-las no almô... — disse Alice, interrompendo subitamente a frase, antes de completar a palavra "almoço".

— Não sei onde é que fica esse tal de Almô — disse a Tartaruga Falsa, — mas, se você as vê ali com tanta freqüência, deve conhecê-las bem.

— Se conheço — confirmou a menina. — Elas têm um formato enrolado, a cauda encostando na boca, e são recobertas por farinha de rosca.

— Você está errada quanto a este último detalhe — discordou a Tartaruga Falsa. — A farinha iria dissolver-se no mar. Mas está certa quanto à cauda que encosta na boca. Sabe qual a razão disso?

Nesse ponto, porém, antes que a menina respondesse, ela bocejou e fechou os olhos. Com voz sonolenta e arrastada, ordenou ao Grifo:

— Vamos, diga para ela qual é a razão.

O Grifo não se fez de rogado:

— É porque um dia elas entraram na dança, substituindo as lagostas, e acabaram sendo lançadas ao meio do mar. Na queda, suas caudas se enfiaram com força dentro das bocas, e não houve como tirá-las depois. Foi isso o que aconteceu.

— Agradecida pela explicação — disse Alice. — Foi muito interessante, especialmente para mim, que sei tão pouco a respeito das pescadas.

— Posso ensinar-lhe muitas coisas mais, se você quiser — ofereceu o Grifo. — Por exemplo: sabe porque essa nossa amiga é chamada de "pescada?"

— Não faço a mínima idéia.

— É porque, se ela ainda não foi, logo será.

— Será o quê?

— Pescada, ora...

A resposta deixou Alice bem intrigada. Vendo isso, o Grifo perguntou:

— Não acha que ela tem um nome bastante razoável?

— Acho, sim, mas... e os outros peixes? Também não serão pescados mais tarde?

— Pode ser que sim, pode ser que não. Ora, até mesmo os camarões sabem disso!

Alice fingiu não notar o tom impertinente da observação e prosseguiu, lembrando-se da letra da canção que há pouco tinha escutado:

— Não posso entender como é que um peixe, que nada depressa, e um caracol, animal terrestre de extrema lentidão, possam seguir juntos e, ainda por cima, conversando!

— Há muitas coisas aqui, à beira-mar, que você jamais entenderá, mesmo que se esforce para tanto. — replicou a Tartaruga Falsa, que então já havia espantado o sono. — Por isso, deixe para lá e trate de contar-nos as suas aventuras. Queremos escutá-las.

— Posso contar-lhes, mas só a partir do que aconteceu hoje de manhã — disse Alice, um tanto envergonhada. — Nada posso dizer a respeito de ontem, pois então eu era uma pessoa diferente.

— Explique-se — disse a Tartaruga Falsa.

— Não, não! — protestou o Grifo. — Primeiro, as aventuras. Explicações tomam um tempo danado!

— Como não há! Está sobrando lugar!
Cap. 7, pág. 62

Assim, Alice começou a contar suas aventuras, desde o momento em que tinha avistado o Coelho Branco. Sentia-se um pouco nervosa, pois as duas criaturas sentaram-se muito junto dela, cada qual de um lado, mantendo-se ambas de boca aberta. Aos poucos, porém, ela foi adquirindo coragem e continuou sua história. Os ouvintes mantiveram-se em absoluto silêncio, até o momento em que ela relatou o episódio da Lagarta, declamando novamente a estranha versão do *Você está velho, Pai Guilherme* que lhe ocorria à mente. Após escutá-la, a Tartaruga falsa respirou fundo e comentou:

— Mas isso é muito curioso!

— Curioso a mais não poder — assentiu o Grifo.

— Tão parecido, e ao mesmo tempo tão diferente... — prosseguiu a Tartaruga Falsa, com ar intrigado. — Gostaria de ouvir como é que você declamaria uma outra poesia. Mande-a recitar uma, companheiro.

Disse essas últimas palavras olhando para o Grifo, como se ele possuísse alguma autoridade sobre a menina. E ele também parecia acreditar nisso, pois voltou-se para Alice e ordenou:

— Levante-se e recite "*Vai falar a garota*".

"Como as criaturas daqui gostam de mandar na gente", pensou Alice com revolta. "E que mania de querer que recitemos! Até parece que estou na escola!"

Apesar da revolta, levantou-se e começou a recitar a poesia. Como ainda sentia a influência da letra da música, que pouco antes ouvira, acabou alterando os versos, sem notar, e o que recitou foi o seguinte:

Vai falar a Lagosta. Escute o que ela diz:
— Fui cozida demais; não queimei por um triz!
Na travessa ela é posta e levada pra mesa.
Tão bonita ela está, que até causa surpresa.
Se ela pudesse ver-se, sei que sentiria
um misto de vaidade, de orgulho e alegria.
Mas que sina! Na areia, cai nas garras do homem;
se foge para o mar, os tubarões a comem...

— Um pouco diferente da maneira como eu recitava quando era criança — comentou o Grifo.

— Essa poesia eu nunca escutei — disse a Tartaruga Falsa, — mas ela me pareceu um tanto absurda.

Alice nada disse, apenas sentou-se com o rosto escondido nas mãos, imaginando se as coisas um dia voltariam a ser naturais como antes.

— Eu gostaria de que você me desse umas explicações — pediu a Tartaruga Falsa.

— Nada há que explicar — protestou o Grifo. — Deixe-a declamar a estrofe seguinte.

— Eu só queria saber como foi que a Lagosta pôde falar depois que estava cozida — insistiu a Tartaruga Falsa.

— Deve ter sido o som do seu último pensamento — arriscou Alice, sem muita convicção.

— Vamos para o próximo verso — ordenou o Grifo, — aquele que começa assim: "Passei por seu jardim".

Mesmo sabendo que iria recitar errado, Alice não se atreveu a desobedecer, e começou, com voz um pouco trêmula:

Passei por seu jardim e dei uma espiada:
a Coruja e a Pantera comiam empada.
Foi feita a divisão, obedecendo um trato:
coube à Pantera e empada; à Coruja, só o prato.
Além disso, ela pôde, finda a refeição,
ficar com a colher, como compensação,
mas somente a colher, pois, quanto ao garfo e à faca,
a Pantera guardou, sem...

— De que vale recitar tanta asneira — interrompeu a Tartaruga Falsa, — se você não sabe explicar o significado? É a poesia mais confusa que ouvi até hoje!

— Concordo, e acho que o melhor a fazer é parar por aqui — disse o Grifo, para alegria de Alice. — Quer que eu dance a segunda parte da Quadrilha das Lagostas? Ou prefere que a Tartaruga Falsa cante outra canção para você?

— Prefiro uma canção, se a Tartaruga Falsa puder fazer esse favor.

O Grifo parece ter ficado um tanto desapontado com aquela escolha, pois resmungou, com ar ressentido:

— Então, está certo. Gosto, não se discute! Vamos, companheira, cante para ela a "Sopa de Tartaruga".

Depois de um longo suspiro, a Tartaruga cantou, com voz entrecortada de soluços:

Bela sopa, verde e cremosa,
bem quentinha, deliciosa,
dá água na boca só de olhar!
Basta esta sopa no jantar!
Basta esta sopa no jantar!
Ve-e-enha tomar!
Ve-e-enha tomar
uma sopinha no jantar!
Com esta sopa eu me contento;
dispenso qualquer complemento.

Tanto o filhinho quanto o avô paterno,
quando virem a sopa,
exclamarão: "Opa! Que sopa!
Va-a-mos tomar!
Va-a-mos tomar
uma sopinha no jantar.
Quem quer provar esse manjar?

— Repita o estribilho! — ordenou o Grifo.

A Tartaruga Falsa já se preparava para cumprir a ordem, quando se ouviu à distância um grito:

— Vai começar o julgamento!

— Vamos! — disse o Grifo, tomando Alice pela mão e saindo depressa, sem esperar pelo fim da canção.

— Mas que julgamento é esse? — perguntou Alice esbaforida.

O Grifo nada disse, acelerando o passo e levando-a consigo, enquanto o som da voz da Tartaruga Falsa ia ficando para trás, desvanecendo pouco a pouco. Uma lufada de brisa trouxe-lhes pela derradeira vez um pedacinho da canção tristonha, aquele que dizia:

Ve-e-enha tomar
uma sopinha no jantar.

CAPÍULO 11

Quem Roubou as Tortas?

O Rei e a Rainha de Copas estavam sentados no trono, quando Alice e o Grifo chegaram. Havia ali uma grande multidão, composta de todo tipo de bichos, tanto de pêlo como de penas, assim como cartas de baralho de todos os naipes. Diante deles via-se o Valete, de pé, ladeado por dois soldados. Ao lado do Rei estava o Coelho Branco, trazendo numa das mãos uma corneta, e na outra um rolo de pergaminho. À frente do Rei e da Rainha, via-se uma enorme mesa, no meio da qual havia uma bandeja contendo pratinhos de torta. Seu aspecto era tão apetitoso, que Alice até sentiu água na boca. "Tomara que esse julgamento acabe logo," pensou ela, "para que sirvam o lanche daqui a pouco". Parecia, contudo, que a coisa não iria ser como ela esperava, de maneira que o jeito foi ficar observando tudo, para ajudar a passar o tempo.

Alice nunca tinha assistido a um julgamento antes, mas já havia lido bastante sobre o assunto, de maneira a saber o nome de tudo e de todos que ali estavam, e isso a deixava bastante satisfeita. "Aquele é o juiz", disse ela para si própria. "Conheço-o por causa da cabeleira postiça".

O juiz, aliás, era o Rei. Como estava usando a coroa real sobre a cabeleira postiça (se quer saber como é que ele ficava, veja a gravura do início do livro), ele não parecia nada confortável, e certamente não estava se sentindo à vontade.

"Aquela é a banca dos jurados", continuou Alice fazendo seu reconhecimento, "e aquelas doze criaturas," foi obrigada a dizer "criaturas", porque o júri era composto de aves e outros bichos) "devem ser os membros do júri". Ficou tão satisfeita com essa expressão — membros do júri — que a ficou repetindo duas ou três vezes para si própria, na certeza de que pouquíssimas meninas de sua idade a conheceriam. Ela poderia também ter dito "jurados", que significa a mesma coisa.

Os doze membros do júri estavam ocupados, escrevendo alguma coisa nas lousas que traziam nas mãos.

— Que será que eles estão escrevendo? — sussurrou Alice ao Grifo. — Como podem estar fazendo anotações antes de começar o julgamento?

— Eles estão escrevendo seus nomes — respondeu o Grifo, também sussurrando, — com receio de esquecê-los antes do término do julgamento.

— Que bando de idiotas! — exclamou Alice indignada, sem controlar seu tom de voz, fazendo com que o Coelho Branco avisasse em voz alta:

— Silêncio na Corte!

Ao mesmo tempo, o Rei pôs seus óculos e olhou atentamente para a assistência, tentando encontrar quem havia falado.

Espiando por cima dos ombros dos jurados, Alice viu que todos estavam escrevendo em suas lousas "Que bando de idiotas". Notou mesmo que um deles pedia ajuda ao jurado mais próximo, perguntando-lhe como é que se escrevia aquela palavra "quibando".

— Imagino a confusão que irão aprontar escrevendo nessas lousas, enquanto durar o julgamento — segredou ela no ouvido do Grifo.

O giz de um dos jurados rangia, quando ele escrevia na lousa. Isso, naturalmente, produzia enorme gastura em Alice, que, rodeando a banca do júri, postou-se por trás do tal jurado e, na primeira oportunidade que teve, surripiou-lhe o giz, sem que ele visse. O pobre jurado (que era Bill, o Lagarto), sem saber o que poderia ter acontecido, ficou olhando desconsolado para um lado e para o outro, até que desistiu de encontrar o giz e resolveu escrever na lousa com o dedo — evidentemente, sem qualquer resultado prático.

— Oficial de Justiça! — gritou o Rei — Leia a acusação!

Imediatamente o Coelho Branco soprou a corneta três vezes e, em seguida, desenrolou o pergaminho, lendo em voz alta e solene:

A Rainha de Copas preparou umas tortas,
num belo dia de verão;
o Valete de Copas surripiou as tortas,
sem dar qualquer satisfação!

— Apresentem seu veredito! — ordenou o Rei aos jurados.

— Ainda não! Ainda não! — interrompeu o Coelho Branco. — Há muita coisa antes disso!

— Oh, sim — concordou o Rei. — Que venha a primeira testemunha.

Depois de soprar três vezes na corneta, o Coelho Branco anunciou:

— A primeira testemunha!

Apresentou-se o Chapeleiro, com uma xícara de chá numa das mãos e uma fatia de pão com manteiga na outra.

— Desculpe-me, Majestade, por me apresentar assim, mas é que eu ainda não tinha terminado meu chá, quando me intimaram a comparecer aqui.

— Podia ter terminado — disse o Rei. — Quando foi que começou a tomar chá?

O Chapeleiro consultou com os olhos a Lebre-de-Março, que viera com ele e com o Ratinho até o tribunal, e respondeu:

— Acho que foi no dia quatorze de março.

— Quinze — corrigiu a Lebre-de-março.

— Dezesseis — arrematou o Ratinho.

In this
Style
10/6

— Anotem — ordenou o Rei aos jurados, que prontamente escreveram as três datas em suas lousas, somando-as em seguida e escrevendo o resultado como se fosse a resposta de um problema.

— Tire esse seu chapéu — ordenou o Rei ao chapeleiro.

— Este chapéu não é meu — respondeu o Chapeleiro.

— Ah, foi roubado! — exclamou o Rei, fazendo um sinal para os jurados, que prontamente anotaram aquela observação.

— Não, não foi. Ele está em exposição. É para ser vendido. Eu mesmo, não possuo chapéu, apenas vendo. Sou um chapeleiro.

Nesse momento, a Rainha pôs os óculos e fitou atentamente o Chapeleiro, que empalideceu e começou a dar mostras de inquietação.

— Faça seu depoimento — ordenou o Rei, — e não fique nervoso, pois do contrário será executado imediatamente.

A ameaça não pareceu encorajar a testemunha, que continuou equilibrando-se ora num, ora noutro pé, sempre olhando aflitamente para a Rainha. Seu nervosismo era tal, que ele, num certo momento, ao invés de morder o pão, deu uma dentada na xícara de chá.

Nesse instante, Alice começou a sentir-se estranha, sem saber o que estaria acontecendo, até que constatou estar crescendo novamente. No início, achou que deveria levantar-se e abandonar o recinto; logo depois, porém, preferiu permanecer por ali, pelo menos até enquanto fosse possível.

— Poderia ter a bondade de não me apertar tanto? — pediu o Ratinho, sentado a seu lado. — Quase não consigo respirar!

— Nada posso fazer — desculpou-se Alice. — Estou crescendo...

— É proibido crescer aqui dentro — avisou o Ratinho.

— Ora, não diga asneiras — replicou Alice. — Você também está crescendo, e sabe disso.

— Estou, sim, é verdade, mas num ritmo razoável, e não dessa maneira tão... tão ridícula!

E, demonstrando seu aborrecimento, levantou-se, atravessou o salão e foi instalar-se no lado oposto ao de Alice.

Durante todo esse tempo, a Rainha não havia parado de fitar o Chapeleiro. No momento em que o Ratinho mudava de lugar, ela ordenou a um dos oficiais de justiça:

— Traga-me a lista dos cantores que se apresentaram na última audição.

Ouvindo isso, o Chapaleiro começou a tremer tanto, que seus pés até saíram dos sapatos.

— Vamos, apresente o seu depoimento — insistiu o Rei, com ar zangado, — ou terei de mandar executá-lo. E deixe de nervosismo!

— Sou um pobre sujeito, Majestade — começou o Chapeleiro, com voz trêmula — e nem bem comecei a tomar chá... faz mais ou menos uma semana... nem pude comer essa fatia fininha de pão com manteiga... escutando o chacoalhar do chá...

— Quê? — estranhou o Rei. — O chá ficou coalhado?

— Não. Eu disse que o chá começou a chacoalhar.

— É claro que chacoalhar começa com chá — replicou o Rei asperamente. — Acha que sou analfabeto? Vamos, continue.

— Sou um pobre sujeito, e a maior parte das coisas começou a chacoalhar... então, a Lebre-de-março falou que...

— Eu não falei isso! — protestou a Lebre-de-março.

— Falou, sim! — confirmou o Chapeleiro.

— Eu nego! — exclamou a Lebre-de-março.

— Ela nega — disse o Rei; — portanto, prossiga daí em diante.

— Se não foi a Lebre-de-março, foi o Ratinho quem falou... — e o Chapeleiro olhou com desalento para o lugar onde estava o Ratinho, receando que ele também negasse ter falado o que quer que fosse, mas isso não aconteceu, porque o Ratinho já estava dormindo o sono solto.

— Depois disso — prosseguiu o Chapeleiro, — eu cortei outra fatia de pão...

— Mas você não disse o que foi que o Ratinho falou! — protestou um dos jurados.

— Esqueci...

— Pois trate de lembrar — ordenou o Rei, — ou mandarei que o executem.

O infeliz até deixou cair a xícara e a fatia de pão, prostrando-se de joelhos e choramingando:

— Oh, Majestade, eu sou um pobre sujeito...

— Além de ser um péssimo orador! — concluiu o Rei.

Nesse instante, um porquinho-da-índia prorrompeu em aplausos, que foram prontamente abafados pelos oficiais de justiça.

(Como "os aplausos foram abafados" é uma expressão um tanto forte, vou explicar-lhes em que consistiu esse abafamento. Um soldado pegou um saco, enfiou dentro dele o porquinho-da-índia, amarrou a boca do saco e sentou-se em cima, abafando-o completamente).

"Quantas vezes li nos jornais que, ao final de um julgamento, uma tentativa de aplauso foi imediatamente abafada pelo meirinhos", pensou Alice. "Ainda bem que vi como isso é feito, pois até hoje eu não entendia direito como é que se podia abafar um aplauso."

— Se isso é tudo o que sabe — concluiu o Rei, — está bem. Pode descer.

— Como descer, Majestade, se já estou no chão? — perguntou o Chapeleiro.

— Está certo. Então, pode sentar.

Outro porquinho-da-índia tentou aplaudir, e logo foi abafado. "Daqui a pouco, não vai sobrar um só porquinho-da-índia neste tribunal", pensou Alice. "Agora, parece que o julgamento vai ficar mais interessante."

"O melhor que faço é ir terminar meu chá", pensou o Chapeleiro, olhando de esguelha para a Rainha, que estava lendo a lista dos cantores.

— Você está dispensado — disse-lhe o Rei.

Mais que depressa, o Chapeleiro saiu do tribunal, sem sequer se preocupar em calçar os sapatos.

— Antes que ele saia — ordenou a Rainha a um dos meirinhos, — corte-lhe a cabeça.

Mas a ordem não pôde ser cumprida, pois ele já se achava bem longe dali.

— Que se apresente a próxima testemunha! — ordenou o Rei.

A testemunha seguinte era a cozinheira da Duquesa, que chegou trazendo nas mãos o vidro de pimenta. Antes que a visse, Alice adivinhou de quem se tratava, pelos espirros que escutou, vindos da direção da porta de entrada.

— Faça-lhe perguntas, Majestade.

— Já que é necessário... — disse o Rei suspirando, — vamos lá.

Cruzando os braços e franzido o cenho a ponto de quase encobrir inteiramente os olhos, O Rei perguntou, em voz cavernosa:

— De que são feitas as tortas?

— De pimenta.

— De melado... — corrigiu uma voz sonolenta.

— Foi o Ratinho! — exclamou a Rainha. — Prendam-no! Degolem-no! Expulsem-no daqui! Abafem-no! Dêem-lhe uns bons beliscões! Arranquem seus bigodes!

Durante alguns minutos, estabeleceu-se uma completa confusão entre os assistentes, até que o Ratinho foi expulso do recinto. A cozinheira, nesse meio tempo, tratou de desaparecer.

— Deixem para lá — disse o Rei, dando de ombros, depois que tomou conhecimento da fuga de sua testemunha. — Chamem o próximo a depor.

E voltando-se para a Rainha, segredou-lhe:

— Esses interrogatórios estão me deixando com dor de cabeça. Encarregue-se você do próximo.

Alice observava atentamente o Coelho Branco, aguardando com curiosidade o nome da próxima testemunha. Qual não foi sua surpresa quando ele, levantando os olhos da lista que até então estava lendo, gritou com voz estridente:

— Alice!

CAPÍTULO 12

O Depoimento de Alice

Presente! — gritou Alice, esquecendo-se temporariamente do quanto havia crescido nos últimos minutos, e levantando-se tão estabanadamente, que até derrubou a banca do júri, com uma rabanada de sua saia.

Os jurados foram atirados da cabeça para baixo sobre o colo dos assistentes, ali ficando estatelados, sem entender direito o que havia acontecido. A cena fez lembrar a Alice um fato ocorrido poucos dias antes em sua casa, quando ela havia esbarrado acidentalmente no aquário do peixe-dourado, fazendo-o cair de borco no chão.

— Oh, desculpem-me — disse ela em tom consternado, catando um por um dos jurados e recolocando-os em seus lugares, "antes que morressem", pensou, confundindo aquela cena com a do peixinho que tinha caído fora da água.

— O julgamento não terá seqüência — anunciou o Rei, com voz grave, — até que todos os membros do júri retornem aos seus lugares primitivos. Eu disse todos!

Terminou a frase olhando severamente para Alice, que examinou a banca do júri, só então notando que havia colocado o pobre Lagarto Bill de cabeça para baixo. O infeliz ali estava, agitando a cauda desesperadamente, sem saber como corrigir sua posição. Ao recolocá-lo de cabeça para cima, ela pensou: "Ah, também, tanto faz como tanto fez. Esse bobinho não faz qualquer falta para o julgamento."

Depois de estarem todos recuperados do choque, e de terem retomado suas lousas e gizes, puseram-se os jurados a relatar por escrito aquele contratempo. O único que estava escrevendo era o Lagarto, que preferiu ficar de boca aberta, olhando com cara de bobo para o teto.

— Que sabe a senhorita a respeito desse assunto? — perguntou o Rei.

— Nada — respondeu ela.

— Nada de nada? — tornou o Rei.

— Nadinha — confirmou Alice.

— Isso é muito relevante — disse o Rei, voltando-se para os jurados, que trataram de fazer suas anotações na lousa. Mas o Coelho Branco interrompeu-o, dizendo:

— Vossa Majestade quis dizer *irrelevante*, não é?

Disse isso de cenho franzido e cara de poucos amigos.

— É claro que eu quis dizer *irrelevante* — concordou o Rei prontamente, continuando a dizer em voz baixa, só para si: — Relevante, irrelevante; relevante, irrelevante...

Provavelmente, ainda não se decidira sobre qual das duas palavras soava melhor. E o fato é que alguns dos jurados anotaram "relevante", enquanto outros escreveram "irrelevante", conforme Alice notou, olhando por cima de seus ombros. "Ah", pensou ela, com um muxoxo, "tanto faz..."

Nesse momento, o Rei, que estivera fazendo anotações em sua agenda, pediu silêncio e começou a ler em voz alta o que acabara de escrever:

— Artigo 42: Todas as pessoas com mais de uma milha de altura são obrigadas a sair do tribunal.

Todos olharam para Alice, que replicou:

— Eu não tenho uma milha de altura.

— Tem, sim — disse o Rei

— Quase duas milhas — confirmou a Rainha.

— Mesmo que eu tivesse, eu não sairia — teimou Alice. — Além do mais, esse artigo não vale, pois acaba de ser inventado.

— É o artigo mais antigo do nosso código — protestou o Rei.

— Se fosse, o número dele seria Um, e não Quarenta e Dois — desfechou Alice.

O Rei empalideceu e fechou prontamente a agenda, voltando-se para os jurados e ordenando, com voz trêmula e baixa:

— Vamos ao veredicto!

— Calma, ó Majestade — interrompeu o Coelho Branco, saltando a sua frente, — que ainda temos outros depoimentos! Esta carta acabou de ser encontrada.

— Que diz ela? — perguntou a Rainha.

— Ainda não abri o envelope — respondeu o Coelho Branco, — mas parece ser uma carta escrita pelo prisioneiro e endereçada a alguém.

— É — concordou o Rei, — deve ser isso mesmo, a não ser que tenha sido endereçada a ninguém, o que, convenhamos, não é muito usual.

— Quem é o destinatário? — perguntou um dos jurados.

— A carta não tem destinatário — respondeu o Coelho Branco. — A parte externa do envelope está em branco, como os senhores jurados podem ver.

Depois de exibir o envelope, abriu-o, tirou de dentro uma folha escrita, passou os olhos no conteúdo e disse:

— Não é uma carta. É um poema.

— A letra é do prisioneiro? — indagou um jurado.

— Por estranho que possa parecer — respondeu o Coelho Branco, — não!

Todos os membros do júri ficaram de cenho franzido, com ar intrigado.

— Ele deve ter imitado a letra de uma outra pessoa — disse o Rei, fazendo com que os jurados voltassem a sorrir, com ar de sabidos.

— Saiba Vossa Majestade — disse o Valete — que não sou o autor dessa poesia. Ninguém poderia provar minha autoria, já que não há qualquer assinatura ao final dela.

— Se você não quis assinar — disse o Rei, — isso piora as coisas, pois revela sua má intenção. Do contrário, você não hesitaria em assinar, agindo como uma pessoa honesta.

Seguiu-se uma vibrante salva de palmas, saudando a primeira frase realmente inteligente que o Rei havia proferido nesse dia.

— Sendo assim — intrometeu-se a Rainha, — está mais do que provada a culpa do prisioneiro. Cortem...

— Provada a culpa coisa nenhuma! — protestou Alice. — ora, vocês nem sabem de que é que ele está sendo acusado!

— Então, leia a poesia — ordenou o Rei.

O Coelho Branco ajeitou os óculos e perguntou:

— Por onde devo começar, Majestade?

— Hmm... vejamos... comece do começo — disse o Rei, pesando cada palavra que dizia, — prossiga a leitura até o fim, e então pare de ler.

Fez-se um silêncio de morte no tribunal, enquanto o Coelho Branco lia em voz alta estes versos:

Eu soube que certa pessoa
falou-lhe um dia a meu respeito:
disse que eu era gente boa,
mas que tinha um grave defeito.

Era o seguinte o tal defeito:
eu não aprendi a nadar!
Se alguém falasse a seu respeito,
teria muito o que falar...

Um eu lhe dei; além desse um,
outros dois você recebeu.
Veja: quem não tinha nenhum,
tem três agora, e um era meu...

Nessa embrulhada eu não entrei,
e ela também não entraria;
se nela entrássemos, eu sei
que você nos libertaria.

Um obstáculo surgiu
e se interpôs entre nós dois.
Todo o grupo se dividiu,
e não se reuniu depois.

Ela sentia por alguém
um grande amor, sem raiva ou medo.

Não conte isso pra ninguém!
Será nosso grande segredo.

— Das provas contra o prisioneiro, essa foi a mais importante que escutei — disse o Rei, esfregando as mãos. — Assim, deixemos que o júri...

— Se é que algum dos jurados possa explicar essa poesia — interrompeu Alice, que havia crescido ainda mais nos últimos minutos, perdendo de vez qualquer receio que ainda tivesse de intrometer-se no julgamento. — Dou um doce para quem conseguir interpretá-la. A meu ver, ela não tem o mínimo sentido.

Todos os jurados escreveram em suas lousas: "A testemunha disse que a poesia não tem o mínimo sentido", e nenhum deles se arriscou a explicar o que acabara de ouvir.

— Se ela não tem o mínimo sentido — disse o Rei, — isso evitará uma porção de problemas, pois não teremos de ficar procurando o tal de "sentido oculto" de que tantos falam. Entretanto... — e abriu a folha de papel sobre o joelho, examinando-a com o rabo-do-olho — penso ter encontrado algum sentido, aqui e ali... Por exemplo, o verso "eu não aprendi a nadar": você não sabe nadar, não é, Valete?

Com ar triste, o Valete fez que não com a cabeça, o que não era de estranhar, já que, sendo carta de baralho, ele era feito de papelão.

— Muito bem, muito bem... — prosseguiu o Rei, que continuou lendo os versos em voz baixa, acrescentando comentários: — "Todo o grupo se dividiu, e não se reuniu depois"... isso deve referir-se ao júri; "nessa embrulhada... ela também não entraria"... isso aí tem a ver com a Rainha; "se alguém falasse a seu respeito, teria muito o que falar"... e como teria! "Um eu lhe dei... outros dois você recebeu"... eis aí o destino dado às tortas roubadas.

— Como, roubadas? — protestou Alice. — Está lá, claramente: Alguém recebeu um, depois recebeu mais dois! Todos os três foram dados. Além disso, o grande segredo nada tem a ver com roubo de tortas, e sim com um grande amor, sem raiva ou medo. Portanto, pergunto: em que verso alguém vê menção a "roubo"? Onde é que alguém enxerga "tortas"?

— Onde? Ali! — exclamou o Rei, triunfantemente, apontando para a mesa que estava diante dele. — E por falar nisso, querida — voltou-se para a Rainha e continuou, com voz melosa, — que me diz desse verso: "Ela sentia por alguém um grande amor"? Será que se refere a você e a mim?

— Nem pensar! — exclamou a Rainha, furiosa, apanhando um tinteiro que estava perto e atirando-o com força para a frente.

O tinteiro acertou a cabeça do pobre Bill, e a tinta começou a escorrer-lhe pela cara. Apesar da pancada, ele ficou satisfeito, porque agora poderia escrever visivelmente na lousa, passando o dedo na tinta.

— Você levou tinta! — gritou o Rei, com um sorriso nos lábios, circulando o olhar pela assistência.

Ninguém riu, nem comentou o que quer que fosse.

— Foi um jogo de palavras, gente! — protestou o Rei, com voz zangada. — Uma piada!

Ouvindo isso, o auditório explodiu em risadas. O Rei então ordenou:

— O júri pode proferir seu veredito.

— Não, não! — contestou a Rainha. — Primeiro, a sentença; depois, o veredito.

— Que idéia mais absurda e sem lógica! — exclamou Alice. — Onde já se viu a sentença preceder o veredito?

— Cuidado com a língua, mocinha! — ameaçou a Rainha, rubra de raiva.

— Tome cuidado você —retrucou Alice.

— Cortem-lhe a cabeça! — exclamou a Rainha, berrando o mais alto que pôde. Ninguém se mexeu.

— Quem liga para você? — perguntou Alice, que a essa altura dos acontecimentos já havia recuperado sua altura normal. — Você não passa de uma carta de baralho!

Foi então que um baralho completo se ergueu subitamente no ar, vindo as cartas a descer uma a uma sobre a menina. Ela deu um grito, causado metade pelo susto, metade pela raiva, enquanto tentava afastar as cartas à custa de tapas. Nesse momento, despertou, sentada no banco do jardim, com a cabeça apoiada no regaço da irmã, que gentilmente tirava de seu rosto as folhas secas que lhe haviam caído sobre o rosto.

— Acorde, Alicinha! — murmurou a irmã. — Que sono pesado você tem!

— Oh, e tive um sonho muito curioso!

E contou para a irmã, tanto quanto podia recordar, as estranhas aventuras sobre as quais você acabou de ler. Quando terminou sua narrativa, a irmã beijou-a e comentou:

— De fato, foi um sonho muito curioso, querida. Mas agora trate de ir para dentro, pois está na hora de lanchar.

Alice levantou-se e foi correndo para casa, enquanto desfilava em sua mente o maravilhoso sonho que acabara de ter.

Enquanto isso, sua irmã ficava na mesma posição em que ela estivera, antes de adormecer: a cabeça apoiada entre as mãos e o olhar fixo no horizonte, contemplando o pôr-do-sol. E assim permaneceu, pensando em Alice e nas maravilhosas aventuras que ela havia relatado, quando também adormeceu e teve um estranho sonho.

No início, ela sonhou com Alice, e era como se estivesse vendo nitidamente a irmãzinha, mãos apoiadas nos joelhos, fitando-a com seus olhos brilhantes e impacientes. Ouvia claramente o som de sua voz e notou que ela não perdia a mania de sacudir a cabeça de tempos em tempos, para tirar dos olhos a mecha de cabelos que teimava em cair-lhe sobre os olhos. Pareceu-lhe então escutar o som de tudo o que havia a seu redor, pois as coisas tinham adquirido vida, e ela começava a conviver com as estranhas criaturas do sonho de sua irmãzinha.

Sentiu a relva farfalhar junto a seus pés, enquanto o Coelho Branco passava velozmente por ali. O Camundongo assustado espadanava água na lagoa próxima, enquanto as xícaras tilintavam na casa onde a Lebre-da-março e seus convidados tomavam um chá interminável. Ao longe, podia-se escutar a voz irada da Rainha, condenando seus infelizes cortesãos à execução sumária; o bebê-leitão a se esgoelar no regaço da Duquesa, entre pratos e tigelas que passavam voando rente aos dois, espatifando-se nas paredes e no chão; além do guincho do Grifo, do rangido do giz usado pelo Lagarto Bill, do som abafado da voz dos porquinhos-da-índia, tudo isso misturando-se aos soluços distantes da infeliz Tartaruga Falsa.

Ela sentou-se, conservando os olhos fechados e se perguntando se estaria ou não naquela terra dos sonhos, embora soubesse que, se os abrisse, logo cairia na dura realidade: a grama apenas estaria farfalhando devido ao sopro do vento, o marulho das águas da lagoa devia-se tão-somente à agitação dos juncos, o tilintar das xícaras não passaria do som dos cincerdos presos aos pescoços das ovelhas, os berros irados da Rainha nada mais eram que os gritos dos pastores atrás dos animais extraviados, e que todos os demais sons, os espirros dos bebê-leitão, os guinchos do Grifo,

etc., sabia ela, logo iriam reduzir-se aos barulhos normais de uma fazenda em atividade. Os soluços da Tartaruga Falsa, por exemplo, nada mais eram que os mugidos distantes dos bois andando pelos pastos.

Por fim, do mesmo modo que sua irmãzinha, ela se imaginou no futuro, quando se tornasse uma mulher adulta, planejando como faria para conservar, durante toda a sua vida, aquele coração simples e carinhoso da infância, e como fazer com que os próprios filhos que viesse a ter ficassem de olhos arregalados e brilhantes, ao escutarem uma história estranha, talvez até mesmo a descrição do País das Maravilhas, sonhado tanto tempo atrás, e como ela poderia enfrentar suas pequenas tristezas, encontrando prazer nas alegrias singelas, recordando sua própria infância e os dias felizes e quentes de verão.

Era o Coelho Branco, que a encarava com ar aflito.
Cap. 8, pág. 74

II

Do Lado de Dentro do Espelho
e o que Alice ali encontrou

Criança de semblante puro
e de olhar espantado:
você representa o futuro,
enquanto eu sou o passado;
nossas almas ficam ligadas
por um conto de fadas.

Pode ser que eu desapareça
de vez da sua vida,
e que logo você me esqueça;
porém, eu sei, querida,
que sempre serão relembradas
as histórias de fadas.

Se a vida constasse somente
de amor e de alegria,
o interior de nossa mente
apenas guardaria
as lembranças tão adoradas
das histórias de fadas.

Infelizmente, isso não passa
de um sonho, nada mais...
Antes que a triste vida faça
de nós os seus jograis,
vamos divertir, dar risadas
e ouvir contos de fadas.

Vamos deixar lá fora o frio
desse vento cortante;
dentro de casa é sempre estio:

quentinho, aconchegante!
Aqui ouvimos não as rajadas,
mas sim contos de fadas!

E embora um suspiro eventual
perpasse pela história,
quando esta chega ao seu final
é do Bem a vitória!
Isso é o que torna tão amadas
as histórias de fadas...

Capítulo 1

A Casa do Espelho

Uma coisa era certa: a gatinha branca nada tinha a ver com aquilo. A culpa era toda da gatinha preta. Acontece que, nos últimos quinze minutos, Mamãe Gata estivera lavando a carinha da gata branca (e com muito capricho, é bom que se diga); assim, logo se vê que ela não poderia ter participado de modo algum daquele malfeito.

A maneira que Diná usava para lavar a carinha dos filhotes era a seguinte: primeiro, segurava a criaturinha pela orelha com uma das patas, empregando a outra para esfregar-lhe a cara de dentro para fora, isso é, começando pela ponta do focinho. Neste exato momento, como acabei de dizer, ela estava terminando de esfregar a gatinha branca, que já se preparava para ronronar de satisfação, na certeza do bem que aquele banho lhe fazia.

Nesse meio tempo, a gatinha preta já havia terminado seu banho, e, aproveitando-se do fato de que Alice estava enroscada no canto do sofá, falando sozinha e semi-adormecida, a danadinha divertia-se a valer, jogando bola com o novelo de lã que a menina ficara enrolando durante longo tempo. Empurrando-o para lá e para cá sobre o tapete da lareira, a gatinha logo desfez todo o trabalho de Alice, deixando o fio completamente embolado. Quando a menina deu por si, a peralta corria em círculos, perseguindo a própria cauda.

— Ah, sua levada! — exclamou Alice, suspendendo a gatinha e dando-lhe um beijinho para que ela entendesse a gravidade do seu malfeito. — Sua mãe Diná devia ter-lhe ensinado a se comportar!

Voltando-se para Diná, prosseguiu, no tom mais zangado que sabia imprimir à voz, quando estava fingindo:

— É isso mesmo que você devia ter feito, Diná!

Então, sentando-se corretamente no sofá, pôs a gatinha sobre os joelhos e começou a enrolar o novelo de lã, mas não muito depressa, pois falava o tempo todo; ora com ela, ora consigo própria. Por sua vez, Kitty ficou ali quietinha, como se fosse muito bem comportada, observando o progresso do trabalho e de vez em quando estendendo uma das patinhas em direção ao novelo, fingindo que estava querendo ajudar.

— Sabe o que teremos amanhã, Kitty? Se você tivesse ficado comigo na janela, poderia adivinhar, mas isso foi na hora de seu banho. Eu estava espiando os meninos que recolhiam gravetos lá fora. Até que havia bastante graveto por lá, mas estava tão frio, nevava tanto que eles acabaram desistindo de concluir a tarefa. Mesmo assim, Kitty, vamos ter amanhã uma bela fogueira!

Nesse momento, Alice deu três laçadas com o fio de lã em torno do pescoço da gatinha, só para ver o efeito. Ela pulou para o chão, fazendo o novelo cair e desmanchando boa parte do serviço já feito. Depois de recolocar a lã e a gatinha sobre os joelhos, Alice continuou:

— Fiquei tão zangada com você, Kitty, ao ver suas travessuras, que estive a ponto de abrir a janela e atirá-la no meio da neve! E você bem que merecia isso! Tem alguma desculpa para apresentar? Então não me interrompa!

Erguendo um dedo, prosseguiu:

— Vou enumerar tudo o que você fez de errado. Primeiro: você chiou duas vezes, enquanto Diná esfregava seu focinho, hoje de manhã. Não me venha negar: eu ouvi! Que tem a dizer? Hein? Que foi que disse? Que a pata da Diná encostou em seu olho? Bem feito! Quem mandou ficar de olho aberto? Se ficasse de olhos bem fechados, isso não teria acontecido. E chega de desculpas. Tem mais. Segundo: você puxou o rabo da Bolinha de Neve na hora em que eu tinha posto leite no pires. Ah, é porque você estava doida para tomar leite, não é? Sabe lá se ela também não estava? E agora o terceiro: você desenrolou e embaraçou o novelo de lã, enquanto eu não estava prestando atenção...

... Foram três faltas graves, Kitty, e você não recebeu punição alguma até agora! Fique sabendo que estou juntando seus castigos, para aplicá-los de uma só vez, quarta-feira que vem. E quanto a mim — continuou, falando agora para si própria, — posso até imaginar o que me aconteceria se os castigos que mereço fossem juntados para aplicação posterior! No fim do ano, acho que eu acabaria sendo mandada para a cadeia! Ou então, vejamos... vamos supor que cada castigo representasse a perda de uma refeição. Quando chegasse o dia de recebê-los, eu teria de ficar em jejum durante os cinqüenta dias seguintes! Se fosse só ficar sem jantar, até que eu agüentaria. O que não suportaria era ter de comer cinqüenta jantares de uma só vez!

... Está ouvindo a neve batendo nas vidraças, Kitty? Faz um ruído bonito e macio! É como se alguém estivesse dando um beijo na janela, lá do lado de fora. Será porque ama as árvores e os campos, que a neve os beija tão delicadamente? Em seguida, recobre-os confortavelmente com um acolchoado branco, como se estivesse dizendo: "Durmam, meus queridos, até que volte o verão". E quando eles despertam no verão, Kitty, vestem-se de verde e se põem a dançar, sempre que o vento sopra... Oh, é lindo demais!

Nesse ponto, Alice largou o novelo de lã e se pôs a bater palmas de alegria, dizendo:

— Oh, que bom se fosse de fato assim como eu disse! Tenho certeza de que os bosques parecem sonolentos no outono, quando as folhas vão ficando pardacentas.

... Kitty, você sabe jogar xadrez? Não ria, sua bobinha, que a pergunta é séria. Agora mesmo, nós duas estávamos jogando, e você parecia entender tudo o que acontecia. Quando eu disse "Xeque!", você ronronou. Foi um belo xeque, reconheça, e eu estava pronta para ganhar, se não fosse aquele cavalo sem-educação, que se intrometeu entre as minhas peças! Kitty, querida, vamos fazer de conta...

Antes de prosseguir, eu gostaria de contar para vocês pelo menos a metade das coisas que Alice costumava dizer, sempre começando por essa frase, que era sua favorita: "Vamos fazer de conta". Na véspera, ela tinha travado uma discussão com sua irmã, justamente por ter dito: "Vamos fazer de conta que somos os reis e as damas do baralho." Sua irmã, que gostava de ser muito exata, contestou a possibilidade daquele faz-de-conta, já que elas não passavam de duas, mas o máximo que conseguiu foi que Alice dissesse: "Está bem; você escolhe uma das cartas, e eu serei todas as outras."

De outra vez, ela havia pregado um grande susto na sua velha ama, ao sussurrar em seu ouvido: "Vamos fazer de conta que eu sou uma hiena faminta, e que você é um osso!"

Mas estamos nos afastando da conversa que Alice estava tendo com sua gatinha. Voltemos às duas.

— Vamos fazer de conta que você é a Rainha Preta, Kitty. E, de fato, se você ficar sentadinha de braços cruzados, vai ficar parecidíssima com ela. Vamos tentar, queridinha?

E, apanhando a peça no tabuleiro de xadrez, colocou-a diante da gatinha, como se fosse um modelo. Não deu certo, porque, como Alice reconheceu, Kitty não sabia cruzar os braços muito bem. Por isso, a título de castigo, a menina levantou-a diante do espelho, para que ela visse como estava procedendo mal.

— Se não cruzar os braços direitinho, atiro-a lá no lado de dentro do espelho, ouviu? Você gostaria disso? Agora, se você ficar quieta, sem me interromper a cada minuto, vou lhe contar o que sei a respeito da Casa do Espelho. É igualzinha à nossa, só que com tudo invertido. Posso enxergar toda a sala, quando fico de pé na poltrona. Só não vejo o pedacinho onde fica a boca da lareira. Ah, como eu gostaria de vê-lo! Queria saber se eles acendem a lareira no inverno. A única coisa que se vê é a fumaça, quando a nossa aparece, porque aí a deles aparece também. Mas isso pode ser uma armação, apenas para parecer que o fogo da lareira de lá também está aceso. Outra coisa são os livros: os deles são parecidíssimos com os nossos, apenas com as palavras escritas ao contrário. Sei disso, porque pus um livro diante do espelho, e eles logo puseram um outro lá do outro lado também.

... E então, Kitty, será que você gostaria de morar lá? E se o pessoal não lhe der leite? E se o leite de lá não for bom? Topa entrar lá, Kitty? Sabe onde é a entrada? A gente enxerga uma fresta dessa entrada, quando deixa a porta da sala escancarada. Olhe lá, está vendo? É muito parecida com a entrada da nossa porta, só que a do outro lado é muito, muito diferente. Ah, Kitty, seria maravilhoso se pudéssemos visitar

a casa que fica do lado de lá do espelho. Tenho certeza de que lá é uma beleza, é um lugar cheio de coisas maravilhosas! Vamos fazer de conta que há um modo de entrar lá, que o espelho deixou de ser duro, e se tornou fofo como uma gaze, de modo que a gente consegue atravessá-lo. Veja, Kitty, ele está se transformando numa espécie de nuvem! Desse modo, dá para entrar nele!

Quando deu por si, Alice se viu de pé sobre a cornija da lareira, sem saber explicar como tinha subido ali. E, realmente, o espelho estava começando a se derreter e a se transformar numa espécie de neblina brilhante e prateada.

Logo em seguida, ela já se encontrava do outro lado do espelho, e descia da cornija da lareira, indo mais que depressa olhar a parte que jamais tinha sido vista, a

fim de verificar se o fogo estaria aceso. Constatou que sim, o que a deixou bastante satisfeita. O fogo era quente e brilhante como o que ardia do lado que agora era o oposto. "Vou ficar tão quentinha aqui, como eu ficava na sala antiga", pensou. "Talvez até mais quente, porque ninguém vai chegar para me mandar ficar longe do fogo. Ah, que divertido será quando me virem deste lado e não me puderem pegar!"

Pôs-se a olhar ao redor e notou que tudo o que sempre pôde ver da sala antiga era banal e desinteressante, mas que as outras coisas, as que só agora ela podia ver, eram bem diferentes das que havia do outro lado. Por exemplo, os quadros pendurados na parede da frente da lareira: pareciam vivos! E aquele relógio grande, que do lado antigo só se avistava o fundo: de frente, ele tinha a cara de um velhinho, que sorria para ela.

"Essa sala não é tão bem arrumada como a outra", pensou ela, ao ver diversas peças de xadrez misturadas com as cinzas da lareira. Logo em seguida, porém, com um "Oh!"de surpresa, ela se ajoelhou no chão, a fim de observá-las. Não é que as peças caminhavam, andando aos pares? Sussurrando para não lhes causar susto, ela disse:

— Olhe ali o casal de rei pretos! E lá no fundo, sentados sobre o atiçador, o Rei Branco e sua Rainha! E aquelas duas torres, caminhando de braços dados! Ué! Acho que eles não me escutam!

Para certificar-se, continuou a falar, aproximando o rosto das peças.

— E também não me podem ver! Devo estar invisível!

Nesse instante, alguma coisa começou a guinchar sobre a mesa que estava atrás de Alice, fazendo-a voltar a cabeça para olhar o que seria. O que viu foi um Peão Branco levantar-se e começar a aplicar pontapés em algo que ela não podia enxergar.

— É a voz da minha filhinha! — exclamou a Rainha Branca, saindo em disparada para acudi-la, tão desastradamente que esbarrou no Rei Branco com força, atirando-o entre as cinzas. — Minha preciosa Lili! Minha gatinha imperial!

Enquanto dizia isso, a pobre Rainha Branca tentava desesperadamente escalar o guarda-fogo

— Minha desgracinha imperial! — rosnou o Rei, esfregando o nariz, que se tinha machucado em decorrência da queda.

Ele tinha direito de ficar aborrecido com a Rainha, pois estava coberto de cinzas da cabeça aos pés.

Ansiosa por ser útil e escutando a gritaria que a pobre da Lili estava aprontando, Alice segurou a Rainha e a colocou em cima da mesa, ao lado de sua filhinha barulhenta.

A Rainha sentou-se, ofegante: a viagem veloz através dos ares tinha tirado seu fôlego. Por um minuto ou dois, ela nada mais fez senão abraçar a pequena Lili em silêncio. Assim que começou a recobrar a fala, ela gritou para o Rei Branco, que continuava sentado entre as cinzas, de cara emburrada:

— Cuidado com o vulcão!

— Que vulcão? — perguntou o Rei, olhando assustado para as brasas, o lugar mais indicado para encontrar algo parecido com um vulcão.

— O que... me atirou... para cima — respondeu a Rainha com dificuldade, já que ainda não havia recuperado inteiramente o fôlego. — Ache um modo de subir... pelo caminho normal... sem ser atirado pelos ares!

Alice ficou olhando o Rei Branco, que subia vagarosamente de ressalto em ressalto, até que não agüentou e disse:

— Ih, você vai levar horas para chegar ao tampo da mesa, subindo nessa moleza! O jeito é ajudá-lo, não é?

Mas o Rei não tomou conhecimento da pergunta, já que não podia vê-la, nem ouvi-la. Assim, Alice ergueu-o com delicadeza e o depositou próximo da Rainha, transportando-o de maneira mais suave e lenta do que a que havia empregado com ela. Fez isso para que ele não perdesse o fôlego. Enquanto o suspendeu, porém, soprou nele para tirar as cinzas que o recobriam.

Mais tarde, disse ela que jamais em toda a sua vida tinha visto uma cara como a que o Rei fizera, quando se viu suspenso no ar, seguro por mão invisível, e ainda por cima sendo soprado. Ficou assustado demais para gritar, mas seus olhos e a boca foram ficando cada vez mais abertos e redondos, fazendo a menina prorromper numa risada, quase deixando-o escapar de entre seus dedos.

— Oh, por favor, não faça essas caretas! — exclamou Alice, esquecendo-se de que ele não podia escutá-la. — Você, com isso, está fazendo com que eu ria tanto, que mal estou conseguindo segurá-lo! E não fique com essa boca assim, tão aberta! Cuidado, que as cinzas vão entrar dentro dela! Pronto, aí está você, limpo e penteado!

Dizendo isso, alisou-lhe os cabelos e o depositou sobre a mesa, ao lado da Rainha. Ele imediatamente caiu de costas e ficou imóvel como uma estátua. Alice ficou preocupada com seu estado, dando uma volta pela sala, à procura de água para fazê-lo recobrar a consciência. Nada encontrou, senão um vidro de tinta, e já se preparava para utilizá-la no lugar da água, quando viu que o Rei já estava recuperado, e conversava com a Rainha. Ambos falavam em voz tão baixa e sussurrante, que ela mal compreendia o que estavam dizendo. Aproximando o ouvido, pôde escutar:

— Asseguro, querida, que fiquei enregelado dos pés à cabeça! Até a ponta do meu bigode congelou!

— Mas seu bigode não tem ponta! — replicou a Rainha.

— Nunca, nunca me esquecerei do pavor que acabo de sentir! — prosseguiu o Rei.

— Se não tomar nota disso, acabará esquecendo — retrucou a Rainha.

Com grande interesse, Alice notou que o Rei tirou do bolso uma caderneta de anotações, começando a escrever nela. Ocorreu-lhe então uma idéia súbita, e ela, passando a mão por cima do ombro do Rei, segurou o lápis e se pôs a comandar a escrita. Aturdido e infeliz, o Rei tentou sem sucesso dominar o movimento do lápis, mas em vão. Por fim, desabafou:

— Querida! Preciso de um lápis mais obediente! Este aqui, não consigo dominar! Ele está escrevendo sozinho uma porção de coisas que eu não tinha a intenção de escrever!

— Como assim? — perguntou a Rainha, olhando para a caderneta e lendo nela o que Alice acabava de escrever: "*O Cavalo Branco está escorregando no cabo do atiçador de fogo, mas não está se equilibrando bem*"). — Hmm, é mesmo! Essa anotação não é sua!

Sobre a mesa, ali perto, havia um livro. Enquanto Alice vigiava o Rei Branco (pois ela continuava preocupada com seu estado, pronta para borrifar-lhe tinta, se ele desfalecesse de novo), ficou virando as folhas, em busca de alguma coisa que pudesse ler, "embora tudo aqui esteja escrito numa língua que não entendo", conforme ela mesma admitiu. Ali havia coisas como, por exemplo:

BESTIALÓGICO

Brilhava o dia, e uma fumaça
No céu girava sem parar;
Palhaços sérios espiavam
Loucos risonhos a cantar.

Aquilo deixou-a desnorteada durante algum tempo, até que uma idéia luminosa lhe ocorreu: "Ora, ora, isso deve ser um livro espelhado! Se eu o segurar diante de um espelho, as palavras vão se organizar e formar sentido".

Satisfeita com essa idéia, ela continuou a ler o poema, e ele era assim:

BESTIALÓGICO

Brilhava o dia, e uma fumaça
no céu girava sem parar;
Palhaços sérios espiavam
Loucos risonhos a cantar.

Cuidado com o Bestialógico!
Se ele te pega, é perdição!

Cuidado com a Ave Jujuba
E o terrível Bicho-Papão!

Ele tomou de sua espada
E foi atrás de uma inimiga;
À sombra da Árvore Tuntum,
Descansou, coçando a barriga.

E ali ficou o Bestialógico,
Olhos selvagens, chamejantes,
Resfolegando na floresta
Com mil idéias borbulhantes.

Um, dois! Um, dois! Veio marchando.
Ao vê-la, ergueu a espada e — zop!
Deixou-a morta e sem cabeça,
Voltando em seguida a galope.

Mas quem morreu? O Bestialógico?
Pois então vem até os meus braços!
Que lindo dia! Tu mereces
Milhões de beijos e de abraços!

Brilhava o dia, e uma fumaça
No céu girava sem parar;
Palhaços sérios espiavam
Loucos risonhos a cantar.

— Parece muito bonito — comentou Alice, ao terminar a leitura, — mas é um pouquinho difícil de compreender...

(Com se vê, ela não queria confessar, nem a si própria, que não havia compreendido coisa alguma daquilo tudo.)

— Não sei como, essa poesia encheu minha cabeça de idéias, só que não as entendo bem... O fato é que *alguém* matou *alguma coisa*, disto não resta a menor dúvida...

De repente, num salto, ela pensou: "Oh! Se não correr, terei de voltar para o lado de fora do espelho antes de ter conhecido o resto da casa! Primeiro, vamos dar uma olhada no jardim."

Deixando a sala, ela desceu as escadas — não da maneira normal, é bom que se diga, mas de um modo novo e diferente de descer, mais fácil e rápido. Ela apenas tocava com os dedos da mão no corrimão, e desceu flutuando, sem que seus pés encostassem nos degraus. Chegando embaixo, continuou flutuando através do corredor da entrada, e teria escapado porta afora, se não houvesse segurado com força a maçaneta. Aquela flutuação começava a deixá-la tonta, e foi com um sentimento de satisfação que ela notou já estar podendo caminhar de novo com os pés no chão, do modo costumeiro.

Foi então que um baralho completo
se ergueu subitamente no ar.
Cap. 12, pág. 110

Capítulo 2

O Jardim das Flores Vivas

Teria uma visão melhor deste jardim", pensou Alice, "se fosse para longe, lá para o alto daquele morro. Vejo um caminho que leva direto para lá".

"Não, este caminho não vai para o morro", corrigiu ela, depois de seguir por ele durante algum tempo, dobrando curvas e mais curvas. "Ou talvez até vá... Que caminho estranho! Quantas voltas! Parece antes um saca-rolhas! Bem, agora ele deve seguir direto até o morro, creio eu.... não! Não vai para lá! Leva de volta para a casa! O jeito é tentar seguir por outro caminho..."

E lá se foi Alice, subindo e descendo, dobrando curvas e experimentando atalhos diferentes, mas sempre voltando para a casa. Numa das curvas, quando resolveu andar mais rápido que de costume, não conseguiu parar e acabou chocando-se contra a parede da casa.

— Não adianta vir com essas insinuações — falou Alice, como se estivesse conversando com a casa. — Não vou entrar aí agora. Se eu entrar, acabarei passando de novo pelo espelho e voltando à velha sala de minha casa, e isso seria o fim de minhas aventuras!

E assim, dando as costas para a casa, retomou o caminho, determinada a seguir em linha reta até alcançar o topo do morro.

Durante alguns minutos, tudo correu bem, e ela já começava a pensar que teria sucesso, quando o caminho dobrou subitamente, formando uma curva tão brusca "que até sacudia", conforme Alice depois descreveu, e no instante seguinte lá estava ela novamente diante da porta...

— Oh, que coisa mais aborrecida! — exclamou. — Nunca vi uma casa assim tão intrometida! Nunca, mesmo!

Entretanto, lá estava o morro, bem a sua frente, de modo que nada havia a fazer senão tentar mais uma vez alcançá-lo. Voltando a caminhar, em pouco ela passava ao lado de um canteiro orlado de margaridas, tendo no meio um belo salgueiro-chorão.

— Ei, Flor-Tigre — disse Alice, dirigindo-se a uma delas, que se agitava ao vento graciosamente. — Como seria bom se você soubesse falar!

— Nós sabemos falar— respondeu a flor, — e o fazemos sempre que existe alguém com quem valha a pena conversar.

Espantada, Alice ficou sem dizer coisa alguma durante um minuto, como se tivesse perdido o fôlego. Por fim, vendo que a Flor-Tigre tinha recomeçado a oscilar para lá e para cá, ela disse, em voz tímida:

— Todas as flores podem falar? — balbuciou, num quase sussurro.

— Tão bem como você — respondeu a Flor-Tigre, — ou mesmo melhor, pois falamos mais alto.

— Mas não temos o costume de iniciar a conversa — disse uma Rosa. — Quando você falou, confesso ter ficado espantada. Cheguei a comentar comigo mesma: "O semblante revela que ela tem bom-senso, embora não deva ser das mais inteligentes." Além do mais, sua cor revela saúde, e isso já é um bom começo.

— Cor é coisa que não me preocupa — observou a Flor-Tigre. — Mas se suas pétalas fossem um pouco mais recurvas, creio que sua aparência seria bem melhor.

Como não gostava de estar na berlinda, Alice resolveu formular perguntas, de modo a evitar novas críticas:

— Não costumam sentir medo pelo fato de ficarem aqui fora, ao deus-dará, sem alguém que cuide de vocês?

— Temos uma árvore ali no meio — respondeu a Rosa. — Que mais seria necessário?

— Mas o que ela poderia fazer— tornou Alice, — Se sobrevier algum perigo?

— Ela pode chorar bem alto — respondeu a Rosa.

— Quando ela chora, ela esgoela de verdade — gritou uma Margarida. — É por isso que seu nome é "salgueiro-chorão".

— Você não sabia disso? — gritou outra Margarida.

No momento seguinte, todas as margaridas começaram a aprontar um palavrório, enchendo o ar de vozes estridentes. Aborrecida com aquilo, a Flor-Tigre começou a agitar-se sem parar, tremendo de excitação, e ordenou:

— Silêncio, aí, vocês todas!

Em seguida, voltando para Alice sua cabeça ainda trêmula, continuou em voz baixa:

— Elas sabem que não posso alcançá-las com um bote. Se eu pudesse fazer isso, queria ver se teriam tal atrevimento!

— Deixe para lá — respondeu Alice, tentando confortá-la.

Vendo então que as margaridas ameaçavam recomeçar o falatório, ameaçou-as em voz sussurrada:

— Se não calarem a boca agorinha mesmo, colho vocês!

Estabeleceu-se imediatamente o silêncio, e algumas margaridas de pétalas cor-de-rosa chegaram a embranquecer de susto.

— Muito bem! — aplaudiu a Flor-Tigre. — As margaridas são as piores de todas. Basta uma começar a falar, para que todas comecem a falar juntas, deixando a gente até murcha, devido à zoeira que aprontam.

— Mas como é que todas vocês sabem falar assim tão lindamente? — perguntou Alice, esperando reanimar a flor com aquele elogio. — Já visitei diversos jardins, e jamais conheci um no qual as flores soubessem falar.

— Encoste a mão no chão para senti-lo — disse a Flor-Tigre. — Fazendo isso, você vai entender por que sabemos falar.

Alice fez conforme a flor sugeriu, comentando depois:

— É um solo muito duro. Não vejo o que isso teria a ver com o fato de vocês saberem falar.

— Na maioria dos jardins — explicou a Flor-Tigre — eles afofam o solo, deixando-o tão macio, que as flores passam todo o tempo adormecidas.

A explicação soou razoável, e Alice ficou satisfeita de ouvi-la, comentando:

— Nunca pensei que fosse por causa disso!

— Na minha opinião — intrometeu-se a Rosa, com azedume — você nunca pensou em coisa alguma.

— Nunca vi alguém que parecesse mais estúpido do que essa daí — disse uma Violeta, assustando Alice, já que até então ela nada havia dito.

— Cale a boca! — rugiu a Flor-Tigre. — Como se você já tivesse visto alguém antes! Fica aí, sempre com a cabeça enfiada sob as folhas, cochilando sem parar, não sabendo de coisa alguma que acontece ao seu redor, tão ignorante como um broto, e acha que pode dar palpite sobre algum assunto?

— Existem outras pessoas além de mim, aqui neste jardim? — perguntou Alice, fingindo não ter escutado toda a discussão.

— Existe uma outra flor que pode mover-se por aí, como você — respondeu a Rosa. — Confesso ficar espantada, sem saber como é que vocês duas fazem isso.

— Você não pára de confessar que fica espantada — comentou a Flor-Tigre, sem que a Rosa se importasse, já que continuou falando:

— Mas ela é bem mais cheia de folhas que você.

— É parecida comigo? — perguntou Alice cheia de curiosidade, já que um pensamento borbulhava em sua mente. — Será que existe outra garotinha aqui neste jardim?

— Bem, ela tem essa mesma aparência esquisita que você tem — respondeu a Rosa, — mas tem uma cor escura, e suas pétalas, pelo que me lembro, são mais curtas.

— São mais compactas, como as da dália — explicou a Flor-Tigre, — e não desarrumadas e soltas, como as suas.

— Não é culpa dela — comentou a Rosa, gentilmente. — Como se vê, ela está começando a murchar, e não há como evitar que as pétalas fiquem com esse aspecto de desalinho...

Alice não apreciou de modo algum aquela observação, preferindo mudar de assunto:

— Essa pessoa costuma aparecer por aqui?

— Acredito que você não deverá custar a encontrá-la — disse a Rosa. — Ela é da espécie que usa tiara de nove pontas.

— E como usa essa tiara? — indagou Alice, com curiosidade.

— Como? Na cabeça, é claro! — respondeu a Rosa. — Confesso estar espantada por não ver você usando uma dessas tiaras. Pensei que fosse um costume geral.

— Lá vem ela! — gritou uma Esporinha. — Estou escutando seus passos sobre as pedrinhas do caminho: trec, trec, trec!

Alice voltou-se rapidamente para o lado de onde provinha o som e se deparou com a Rainha Preta.

— Como ela cresceu! — foi seu único comentário.

E, de fato, ela havia crescido. Quando a menina a colhera entre as cinzas, a rainha não passava de uma peça de xadrez medindo cerca de três polegadas (8 cm), e agora ali estava ela, meia cabeça mais alta que a própria Alice!

— É o ar puro que faz isso — explicou a Rosa, — o ar puríssimo que temos por aqui.

— Acho melhor ir encontrá-la — disse Alice, que, embora achasse as flores muito interessantes, considerava mais honroso conversar pessoalmente com uma Augusta Rainha.

— Você não deve seguir por aí! — alertou a Rosa. — Aconselho-a a ir pelo outro caminho.

Alice não viu sentido algum nesse conselho, preferindo ignorá-lo e seguir em direção à Rainha Preta. Para sua surpresa, logo perdeu a Rainha de vista e, quando deu por si, estava de novo diante da porta da frente da casa.

Cada vez mais aborrecida com aquilo, deu meia-volta, retornou o caminho e, depois de olhar para todos os lados, até divisar a Rainha, bem ao longe, resolveu experimentar o que aconteceria se seguisse na direção oposta.

Deu certo! Nem bem havia caminhado durante um minuto, quando se viu cara a cara com a Rainha Preta, junto ao sopé do morro que ela antes tanto quisera alcançar.

— De onde você vem? — perguntou a Rainha. — E para onde vai? Olhe para mim, fale sem gaguejar e pare de ficar virando os dedos sem parar.

Alice fez tudo conforme ela havia ordenado, explicando, o melhor que pôde, que tinha perdido o caminho.

— Você acaba de dizer "perdi *meu* caminho", coisa que não consigo entender, já que nenhum caminho é seu, mas todos pertencem a mim. Mas o que foi que trouxe você até aqui? Enquanto pensa o que vai responder, faça uma reverência, e assim estará poupando tempo.

Essa observação deixou Alice um tanto perturbada, mas o temor respeitoso que sentia pela Rainha impeliu-a a não desobedecer. "Realmente, preciso poupar tempo", pensou ela, "pois estou um pouco atrasada para o jantar. Da próxima vez, talvez eu tente ver o que acontece se não obedecer suas ordens."

— Já é hora de responder — disse a Rainha, consultando o relógio. — Quando falar, abra mais a boca, e sempre se dirija a mim chamando-me de "Majestade".

— Eu só queria ver como era o jardim, Majestade.

— Está bem — disse a Rainha, dando-lhe tapinhas na cabeça, o que a deixou bastante aborrecida, — embora isto aqui não mereça ser chamado de jardim. Jardins de verdade vi eu, e, comparado com eles, este daqui não passa de um mato.

Alice preferiu não discutir, prosseguindo:

— Quis também procurar um caminho que me levasse ao alto daquele morro.

— Morro, aquilo ali? — disse a Rainha, com ar de desprezo. — Eu poderia mostrar-lhe morros de verdade, em comparação com os quais aquele seria chamado... vale!

— Ah, isso não! — replicou Alice, surpresa por finalmente ter tido a coragem de contradizê-la. — Um morro, mesmo baixo, jamais poderá ser chamado de vale. Isso não faz sentido!

A Rainha Preta acenou a cabeça, dizendo:

— Não faz sentido, diz você... Ora, já escutei coisas tão sem sentido, que, comparada com elas, essa daí faz mais sentido que um dicionário!

Alice fez outra reverência, já que o tom de voz da Rainha dava a entender que ela estava ligeiramente ofendida. As duas caminharam daí em diante em silêncio, até que alcançaram o alto do morro, que não passava de uma colina.

Por alguns minutos, a menina ficou calada, olhando dali de cima para todos os lados. Que região curiosa! Havia um sem-número de paralelos, atravessando em linha reta a paisagem, passando por entre campos cultivados, que formavam pequenos quadrados, separados por cercas-vivas que ligavam a margem esquerda de um regato à direita de outro.

— É como se fosse um gigantesco tabuleiro de xadrez! — exclamou ela por fim. — Devia haver pessoas movendo-se de uma quadrado para outro... sim, lá estão elas!

Aquela visão deixou-a tomada de júbilo, e seu coração começou a bater mais rápido, enquanto ela dizia:

— Está sendo jogada uma fantástica partida de xadrez! Uma partida que envolve todo o mundo, ou, ao menos, este mundo onde estou. Como deve ser divertido participar disso! Eu gostaria de estar nesse jogo, se gostaria! Não me importaria de ser um Peão, embora preferisse, naturalmente, ser uma Rainha.

Ao dizer isso, relanceou o olhar pela Rainha, com receio de sua reação, mas ela apenas sorriu amavelmente, dizendo-lhe:

— Isso é fácil de se arranjar. Você pode ser o Peão da Rainha Branca, se quiser, já que Lili é jovem demais para jogar. Você começa na segunda casa. Quando chegar à oitava, será promovida a Rainha.

Antes de ouvir a resposta, as duas começaram a correr.

Alice nunca conseguiu compreender bem, mesmo quando relembrava tempos depois suas aventuras, como foi que tudo começou. Só conseguia recordar que ambas estavam correndo de mãos dadas, e que a Rainha seguia tão depressa, que ela mal conseguia manter-se a seu lado. A outra parecia não cansar, sempre incentivando:

— Mais depressa! Mais depressa!

E ela sentia que não era capaz de ir mais depressa do que estava indo, pois nem mesmo tinha fôlego para replicar.

O mais curioso de tudo era que as árvores e outras coisas que havia ao redor delas não mudavam de lugar. Por mais rápido que seguissem, pareciam não conseguir ultrapassar o que quer que fosse. Vendo isso, Alice pensou: "Será que as coisas estão se movendo junto conosco?" Parecendo adivinhar seus pensamentos, a Rainha exclamou:

— Mais depressa! Não tente falar!

Nem lhe passava pela cabeça fazer tal tentativa. Na verdade, Alice chegou a pensar que nunca mais conseguiria falar, tamanha a dificuldade de respirar que estava sentindo. E lá ia a Rainha, gritando sempre "Mais depressa! Mais depressa!", enquanto a arrastava atrás de si. Por fim, a menina conseguiu balbuciar:

— Estamos chegando?

— Chegando? — repetiu a Rainha. — Já passamos faz uns dez minutos! Mais rápido, vamos!

E as duas prosseguiram correndo em silêncio, enquanto o vento assoviava nos seus ouvidos e quase lhe arrancava os cabelos, segundo ela imaginava.

— Agora! Agora! — gritou a Rainha. — Mais depressa! Mais depressa!

E as duas seguiam tão rápido, que até pareciam estar voando, mal tocando os pés no chão. Súbito, quando Alice estava quase desmaiando de tão exausta, as duas estacaram, e ela se viu sentada no chão, sem fôlego e atordoada. A rainha colocou-a encostada numa árvore e lhe disse, com ar gentil:

— Agora, você pode descansar um pouco.

Alice olhou em redor, espantada:

— Quê? Chego a acreditar que estivemos debaixo desta árvore durante todo este tempo! Tudo continua igual estava antes!

— Claro que continua! — replicou a Rainha. — Não era para continuar?

— Bem, em nossa terra — explicou ela, ainda respirando com dificuldade, a pessoa geralmente atinge outro lugar, quando corre depressa e durante longo tempo, como acabamos de fazer.

— Que terra mais devagar! — disse a Rainha. — Pois aqui, como você viu, a gente corre, corre, para ficar no mesmo lugar. Se quiser ir para outro local, terá de correr duas vezes mais depressa!

— Acho melhor nem tentar! — exclamou Alice. — Estou satisfeita de estar aqui, embora esteja sentindo sede e calor.

— Sei bem o que você quer — disse a Rainha, com ar bondoso, tirando do bolso uma caixinha. — Aceita um biscoito?

Alice achou que não seria de bom tom recusar, embora não estivesse com a mínima vontade de comer biscoito. Assim, pegou um e fez o que pôde para comê-lo, mas não conseguiu, porque era muito seco, fazendo-a sentir-se ainda mais engasgada do que antes.

— Enquanto você se refresca — disse a Rainha, — vou fazendo as medições.

E, tirando do bolso uma fita métrica, começou a medir o chão, espetando piquetes aqui e ali.

— Quando completar duas jardas (1,83m) — disse ela, fincando mais um piquete no chão, — darei suas instruções. Mais um biscoito?

— Não, obrigada — respondeu Alice. — Um é bastante.

— Espero que também já tenha matado a sede — disse a Rainha.

Alice não sabia como replicar, mas por sorte a Rainha não esperou que ela dissesse coisa alguma, e continuou a falar:

— Quando completar três jardas (2,77m), repetirei as instruções, pelo receio que tenho de que você as esqueça. E quando completar quatro (3,66m), direi adeus. Irei embora quando completar cinco (4, 57m).

Nessa altura, ela já havia cravado todos os piquetes. Alice acompanhou-a com o olhar interessadamente, vendo-a retornar para a árvore e caminhar vagarosamente ao longo da fileira de quadrados. Chegando à marca das duas jardas, ela olhou em volta e disse:

— Como você sabe, um Peão pode avançar duas casas no seu primeiro movimento. Assim, você deverá atravessar rapidamente a Terceira Casa — se possível, de trem-de-ferro — e alcançar a Quarta, sem tardança. Bem essa casa pertence aos gêmeos Cara-de-Um e Focinho-de-Outro. Quanto à Quinta Casa, é cheia de água. E a Sexta pertence a Osvaldo Oval. Mas você não faz comentário algum?

— Não... não sabia que devia fazer comentários... — gaguejou Alice.

— Pois devia, sim — retrucou a Rainha, em tom de reprovação. — Seria um gesto delicado de sua parte. Mas vamos fazer de conta que você comentou qualquer coisa. A Sétima Casa é revestida por uma densa floresta. Nela, um cavaleiro irá mostrar-lhe o caminho. Chegando à Oitava Casa, seremos Rainhas, nós duas juntas, o que será motivo de júbilo e festa para ambas.

Alice levantou-se e fez uma reverência, voltando a sentar-se em seguida.

Depois de cravar mais um piquete, a Rainha voltou-se e disse: — Fale em francês quando esquecer o nome inglês de alguma coisa. Estique os dedos dos pés quando caminhar. E lembre-se sempre de quem é você!

Dessa vez, não quis esperar pela reverência de Alice, caminhando diretamente para o lugar onde iria cravar o próximo piquete. Então, voltando-se, disse "Adeus" e seguiu rapidamente para cravar o último.

Como aconteceu, Alice não soube, mas o fato é que, ao chegar ao último ponto, a Rainha desapareceu. Se ela teria evaporado, ou se teria entrado correndo no bosque ("e correr é coisa que ela sabe fazer muito bem!", pensou Alice), ninguém poderia saber; contudo, que ela sumiu, sumiu, e foi então que Alice começou a lembrar-se de que era um Peão, que logo que seria sua vez de mover-se.

Capítulo 3

Insetos do Espelho

A primeira coisa a fazer, naturalmente, era examinar por alto a região que ela teria de atravessar. "É como se eu estivesse estudando Geografia", pensou Alice, pondo-se nas pontas dos pés, na esperança de assim enxergar mais longe. "Rios principais: não há rio algum. Montanhas principais: estou na única existente, mas não creio que ela tenha um nome. Cidades principais: epa! Quem serão aquelas criaturas ali embaixo, fazendo mel? Abelhas, não podem ser, porque ninguém enxerga abelhas a uma milha de distância (1 609m), como todos sabem..."

E, durante algum tempo, ela quedou-se em silêncio, contemplando atentamente uma daquelas criaturas, que seguia de flor em flor, enfiando em cada uma delas uma espécie de tromba, "como se fosse uma abelha normal", pensou a menina.

Não, aquilo não podia ser uma abelha normal. Na realidade, era um elefante, como Alice logo veio a descobrir, embora aquela idéia quase chegasse a lhe tirar o fôlego. "E que flores enormes não devem ser aquelas!", exclamou em pensamento. "Parecem cabanas sem teto, cheias de umas espécies de hastes no interior... E que quantidade de mel devem produzir! Acho que vou até lá... mas não agora", consertou, embora começasse a descer o morro, ao mesmo tempo em que tentava encontrar uma desculpa para aquela súbita timidez. "Não devo chegar lá sem ter em mãos um bom galho de árvore, para espantá-los. Vai ser engraçado quando me perguntarem se gostei do passeio, e eu responder que sim, que gostei bastante" (e ela sacudiu a cabeça, num de seus gestos favoritos), "apesar da poeira, do calor e daqueles elefantes enjoados..."

— Acho que vou descer pelo outro lado — murmurou, depois de pequena pausa, — deixando para visitar os elefantes mais tarde. Além do mais, estou morta de vontade de entrar na Terceira Casa!

Assim, com essa desculpa, Alice desceu o morro e saltou o primeiro dos seis riachinhos que corriam na planície.

* * *

— Bilhetes, por favor! — disse o Guarda, enfiando a cabeça na janela.

No mesmo instante, todos exibiram seus bilhetes, que eram do tamanho de uma pessoa, enchendo todo o interior do vagão.

— E você, menina? Mostre seu bilhete! — disse o guarda para Alice, com voz zangada.

Numa só voz ("como se fosse um coral", pensou Alice), todos ordenaram:

— Não faça o Guarda esperar, menina! O tempo dele é precioso! Vale mil libras por minuto!

— Receio não ter bilhete — desculpou-se Alice, em tom assustado. — De onde vim, não havia bilheteria...

O coral voltou a se fazer ouvir:

— Não há lugar para quem quer que seja, lá de onde ela veio. A terra, lá, custa muito caro! Uma polegada (2,5cm) custa mil libras!

— Não me venha com desculpas. — tornou o Guarda. — Você devia ter comprado um bilhete com o maquinista.

E o coral, mais uma vez:

— O piloto da locomotiva. Cada baforada de fumaça custa mil libras!

"Não vale a pena falar", pensou Alice. Dessa vez, o coral nada disse, já que ela não havia falado. Para sua grande surpresa, porém, todos os que ali estavam pensaram em coro (espero que você entenda o que significa isso de "pensar em coro", porque, quanto a mim, confesso que não entendo como possa ser). E o que eles pensaram em coro foi: "Você faz muito bem de nada dizer. Falar é caro: cada palavra custa mil libras!"

"Esta noite, vou sonhar com uma porção de notas de mil libras, tenho certeza!", pensou Alice.

Durante todo esse tempo, o Guarda ficou a examiná-la; primeiro, com um telescópio; depois, com um microscópio; por fim, com um pequeno binóculo. Terminado o exame, ele disse:

— Você está viajando para o lugar errado.

Em seguida, fechou a janela e foi-se embora.

— Pobre criancinha! — disse um senhor, vestido de papel branco, sentado à frente de Alice. — A gente deve saber para onde está viajando, mesmo que não saiba o próprio nome!

Um Bode, sentado ao lado dele, baixou os olhos e disse em voz bem alta:

— É mais importante saber onde fica a bilheteria do que conhecer o alfabeto.

Um Besouro, sentado ao lado do Bode (era um tanto estranha a variedade de passageiros que lotava aquela cabine), e que esperava chegar a sua vez de falar — já que parecia ser essa a regra — finalmente disse:

— Ela terá de viajar no porta-malas.

Alice não podia ver quem estava sentado atrás do Besouro, mas escutou uma voz rouca, dizendo:

— Troque a máquina...

Nesse ponto, quem estava falando engasgou, interrompendo o que pretendia dizer. "Pela voz, parece um cavalo", pensou Alice. Nesse instante, junto dela, uma vozinha de nada falou:

— Você pode fazer um trocadilho com isso, mais ou menos assim: "um cavalo eu ouço" e "vou cavar um osso". Que tal?

À distância, ouviu-se uma voz extremamente delicada, que dizia:

— É preciso pôr um rótulo nessa bagagem, escrito assim: "Garota frágil. Transporte com cuidado".

Em seguida, várias vozes foram sendo ouvidas, uma após a outra ("Quanta gente nesse vagão!", pensou Alice), dizendo:

— Ela devia seguir pelo correio. Pondo um alho em sua cabeça, já teria um cabeçalho.

— Ela deveria ser transmitida pelo telégrafo, como se fosse um telegrama.

— Ela devia seguir à frente da locomotiva, para ajudar a puxá-la.

Enquanto frases desse tipo eram proferidas, o cavalheiro vestido de papel branco inclinou-se para a frente e segredou em seu ouvido:

— Não ligue para o que estão dizendo, querida. Basta arranjar um bilhete de volta em cada parada que o trem fizer.

— Nada disso! — exclamou Alice com impaciência. — Nada tenho a ver com essa viagem de trem! Agorinha mesmo eu estava num bosque! Quero voltar para lá!

— Você pode fazer um trocadilho com isso — voltou a dizer a vozinha, — mais ou menos assim: "vou seguir de volta" e "vou sentir revolta".

— Não me aborreça! — zangou-se Alice, olhando ao redor para ver de quem seria aquela vozinha. — Se está tão ansioso por ouvir um trocadilho, por que não o diz você mesmo?

A vozinha suspirou profundamente. Era evidente que estava muito infeliz, e Alice teria dito algo para confortá-la, "se ela ao menos suspirasse como uma pessoa normal", pensou. Mas não: seu suspiro era tão espantosamente baixo, que seria inaudível, não estivesse o dono da vozinha tão junto de seu ouvido. Por causa disso, ela sentiu no fundo da orelha uma cócega fininha, que varreu inteiramente de seus pensamentos a infelicidade da pobre criaturinha.

— *Sei que você é uma amiga, uma amiga muito querida, uma velha amizade. Por isso, sei que não quer me ferir, embora eu seja um inseto.*

— Que tipo de inseto? — perguntou a menina, algo preocupada, interessada em saber se ele teria ferrão ou não, mas achando que não devia fazer essa pergunta, por uma questão de educação.

— *Ora, então você não...*

A vozinha interrompeu no meio o que estava dizendo, devido a um apito estridente da locomotiva. No vagão, todos pularam assustados, inclusive Alice.

O Cavalo, depois de pôr a cabeça para fora da janela, recolheu-a sossegadamente e explicou aos companheiros:

— Não é nada. Vamos ter de saltar um riachinho.

Todos ficaram satisfeitos com a explicação, exceto Alice, que se sentiu nervosa ao imaginar trens de ferro saltando riachos. "Seja como for, vamos chegar já-já à Quarta Casa, o que é muito bom!", pensou. Logo em seguida, sentiu que o vagão se erguia no ar. Assustada, agarrou a primeira coisa que encontrou, e aconteceu de ser a barba do Bode.

* * *

A barba pareceu derreter quando ela a segurou, e Alice se viu sentada confortavelmente debaixo de uma árvore, enquanto o Mosquito (que era o inseto com quem ela há pouco tinha conversado) equilibrava-se num ramo logo acima de sua cabeça, abanando-a com as asas. De fato, era um inseto bem grande, "mais ou menos do tamanho de uma galinha", pensou Alice. O tamanho da criatura não a deixou nervosa, já que eles tinham conversado tão amistosamente.

— Quer dizer que você não aprecia *todos* os insetos? — perguntou o Mosquito, na maior tranqüilidade, como se nada houvesse acontecido.

— Gosto dos insetos que sabem falar — respondeu ela. — No lugar de onde venho, nenhum inseto sabe falar.

— E aí nesse lugar, quais são os insetos que você aprecia?

— Não aprecio inseto algum. O que sinto por eles é medo, especialmente dos grandes. Mas, se quiser, posso dizer-lhe os nomes de alguns.

— E eles atendem, quando são chamados por esses nomes?

— Que eu saiba, não.

— Então, de que servem esses nomes, se os donos deles não atendem quando são chamados?

— Podem não servir para eles — explicou Alice, — mas são úteis para as pessoas, ora. Se não fosse assim, por que cada coisa teria seu nome particular?

— Não sei dizer por que. O fato é que, lá embaixo, no bosque, nada tem nome. Mas vamos, diga sua lista de insetos, pois estamos perdendo tempo.

— Bem — começou Alice, contando nos dedos, — temos o Mosquito-Cavalo...

— Está bem — interrompeu o Mosquito. — Ali na frente você pode ver um Mosquito-Cavalo-de-Pau, todo de madeira, que fica balançando para lá e para cá nos galhos dos arbustos.

— De que vive ele? — perguntou Alice, curiosa.

— De seiva e serragem. Prossiga.

Alice olhou com grande interesse para o inseto que se balançava para a frente e para trás, notando que ele tinha sido envernizado pouco tempo atrás, pois estava brilhante e não inteiramente seco. Em seguida, prosseguiu com a lista:

— E temos a Libélula.

— Olhe para aquele galho ali em cima, e verá uma Libélula-de-Natal. Seu corpo é de pudim, suas asas de folhas secas, e sua cabeça é uma passa, regada com conhaque e pegando fogo.

— De que vive esse bicho?

— De frutas cristalizadas e avelãs — respondeu o Mosquito. — Faz seu ninho nas cestas de Natal.

— E temos a Borboleta — continuou Alice, depois de contemplar longamente a Libélula-de-Natal, imaginando que o fogo em sua cabeça fosse conseqüência da mania que os insetos têm de ficar voando próximo das chamas das velas.

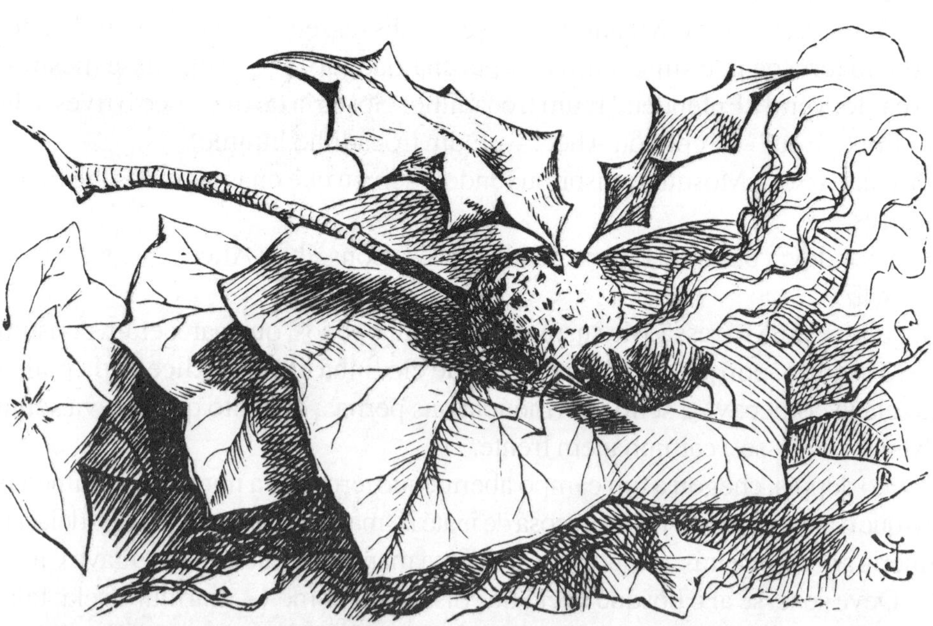

— Rastejando aí embaixo, junto de seus pés — disse o Mosquito, fazendo Alice recuar assustada — temos uma Borbolanche. Suas asas são de torradas fininhas, seu corpo de bolacha, sua cabeça de torrão de açúcar.

— De que se alimenta?

— De chá e manteiga.

Uma dúvida surgiu na cabeça de Alice:

— E se ela não encontrar esses alimentos?

— Morre de fome, evidentemente.

— Mas essa circunstância deve ocorrer com freqüência. — comentou Alice, pensativa.

— É verdade — concordou o Mosquito.

Depois disso, Alice manteve-se em silêncio durante um ou dois minutos, mergulhada em seus pensamentos, enquanto o Mosquito se divertia, zumbindo ao redor de sua cabeça. Ao fim de algum tempo, ele pousou de novo e disse:

— Creio que você não quer perder seu nome, não é mesmo?

— Claro que não — respondeu Alice, assustada com a pergunta.

— Fico imaginando como seria conveniente — prosseguiu o Mosquito, em tom despreocupado — se você voltasse para casa sem atender mais por um nome... Digamos que a governanta quisesse chamá-la para fazer os exercícios de casa. Ela iria começar: "Vem cá..." — e aí teria de interromper, não sabendo como prosseguir sem dizer seu nome. Com isso, você não precisaria atender, não é?

— Isso jamais iria acontecer — discordou a menina. — A governanta não iria deter-se por causa de um detalhezinho desses. Se não se lembrasse de meu nome, poderia chamar-me de "jovem", de "senhorita", ou de outro nome qualquer, como é costume das empregadas.

— Ora — retrucou o Mosquito, — se ela dissesse: "Vem cá, jovem", não era você quem teria de ir, e sim alguma garota chamada Jó. O que ela disse mesmo foi: "Vem cá, Jó, vem!" Entendeu? É um trocadilho. Gostaria de que você o tivesse feito.

— Por que eu? — replicou Alice. — É um trocadilho infame!

Ouvindo isso, o Mosquito suspirou fundo e deixou que duas lágrimas lhe rolassem pelas faces.

— Você devia parar de fazer trocadilhos — aconselhou Alice. — Eles o deixam muito infeliz.

Seguiu-se uma sucessão de suspirinhos melancólicos, que pareceram consumir o pobre Mosquito, porque, ao olhar para onde ele tinha estado, Alice nada mais viu. Como ela já começava a sentir dormência nas pernas, de tanto que estava sentada, resolveu levantar-se e caminhar em frente.

Pouco depois, chegou a um campo aberto, que terminava num bosque ainda mais escuro que o anterior. Alice ficou receosa de ir até lá, mas acabou mudando de idéia, já que não queria andar para trás, e aquela seria a única maneira de alcançar a Oitava Casa.

— Deve ser esse aí o bosque cheio de coisas sem nome — murmurou ela, falando consigo própria. — Se eu entrar lá, que acontecerá com o *meu* nome? Eu não gostaria de perdê-lo, porque, nesse caso, teriam de arranjar-me outro, e é quase certo que não seria um nome dos mais bonitos... Mas até que seria divertido procurar a pessoa que tivesse ficado com meu nome antigo! Seria como aquele caso das pessoas que publicam anúncios de cães perdidos: "Perdeu-se um cão que atende pelo nome de

Rex, e que tem no pescoço uma coleira com chapa de cobre". Imagine alguém chamando tudo o que encontra de "Alice", até que alguém ou alguma coisa responda. E se esse alguém for sabido, fica caladinho, sem responder...

Deixando à solta seus pensamentos, ela por fim alcançou o bosque, que lhe pareceu escuro e frio. "Bem", pensou, "não deixa de ser uma boa coisa sair do calor e entrar aqui neste... neste... como é mesmo o nome disso?" Caminhando à sombra das árvores, ela não entendia por que era incapaz de encontrar a palavra. "É bem agradável andar aqui embaixo dessas... dessas... coisas..."

Sem saber como designar as "coisas", encostou o dedo no tronco de uma árvore. "Como é mesmo o nome disto aqui? Acho que não tem nome algum... É, não tem, mesmo, não."

Parada por algum tempo, ela tentou concatenar seus pensamentos; por fim, prosseguiu: "Aconteceu aquilo que ia acontecer. E agora, quem sou? Gostaria de me lembrar. Quero lembrar. Vou lembrar!" Mas de nada adiantou sua intenção, pois a única coisa de que se lembrou, após longos minutos de concentração, foi de uma letra: "*L*! Sim, lembrei-me! Meu nome começa com *L*!"

Nesse momento, passou ali por perto um Veadinho, que fitou Alice com seus grandes olhos gentis, sem demonstrar receio algum.

— Vem cá! Vem cá! — disse ela, estendendo a mão para segurá-lo, mas ele não deixou, recuando alguns passos e continuando a mirá-la.

— Como é que você se chama? — perguntou ele, com uma voz suave e amável.

"Como eu gostaria de saber!", pensou Alice, respondendo com voz tristonha:

— Acho que eu não me chamo...

— Tente lembrar-se — insistiu ele. — Faça um esforço.

Alice pensou, pensou, mas nada lhe veio à mente.

— Por favor — disse ela timidamente, — poderia dizer-me que nome você dá a si próprio? Se me dissesse, talvez ajudasse um pouco.

— Posso dizer-lhe, mas temos de ir até ali à frente. Aqui, não consigo lembrar-me.

Passando o braço em torno do pescoço macio do Veadinho, Alice seguiu com ele pelo bosque, até que alcançaram o campo aberto. Nesse instante, o animal deu subitamente um salto no ar, libertando-se do abraço de Alice, e gritou:

— Sou um Veado! E você, coisa horrível, é uma criança do gênero humano!

Uma chispa de receio faiscou em seus belos olhos castanhos, e, no mesmo instante, ele disparou a correr.

Alice ficou olhando, vendo-o afastar-se, quase chorando de mágoa, triste pela fuga repentina do seu pequeno companheiro de viagem. "Sobra-me o consolo de agora saber meu nome", pensou. "É Alice. Não me esquecerei jamais: Alice. E agora, qual dessas placas devo seguir?"

Não era um problema de difícil solução, pois havia apenas um caminho através do bosque, e duas tabuletas, ambas indicando a mesma direção. "Vou seguir em frente", decidiu Alice, "até deparar com alguma bifurcação. Aí, veremos por onde irei seguir."

Mas isso não parecia que iria acontecer. Ela seguiu em frente por longo tempo e, sempre que a estrada se bifurcava, as placas indicavam invariavelmente uma única direção, embora trazendo informações diferentes. Uma dizia: "PARA A CASA DE CARA-DE-UM"; a outra, "PARA A CASA DE FOCINHO-DE-OUTRO".

— Tenho a impressão de que esses dois aí moram na mesma casa! Por que não pensei nisso antes? Vou apenas passar por lá, sem me demorar. Baterei na porta, perguntarei "Tudo bem?" e pedirei para me informarem como devo fazer para sair do bosque. Seria bem bom se eu pudesse alcançar a Oitava Casa antes de escurecer.

E lá se foi ela, conversando sozinha, até que, numa curva fechada, se deparou com dois sujeitos gorduchinhos, tão repentinamente, que nem teve tempo de recuar, mas logo já havia recobrado a calma, certa de que estava frente a frente com os tais de...

Capítulo 4

Cara-de-um e Focinho-de-outro

Os dois estavam de pé sob uma árvore, cada qual com um braço apoiado no ombro do outro. Alice logo soube quem era quem, pois um deles trazia, bordadas na gola, as palavras "DE UM", enquanto que o outro trazia as palavras "DE OUTRO". "Posso imaginar", pensou ela, "que, no lado de trás do colarinho, estejam escritas as palavras CARA e FOCINHO".

Tão parados estavam, que nem pareciam ter vida. Quando ela tentou ir atrás deles para verificar o que estaria escrito em seus colarinhos, assustou-se ao escutar a voz do "DE UM", a dizer:

— Se você está pensando que somos bonecos do museu de cera, terá de pagar para nos ver. Não se pode olhar aquelas estátuas sem pagar — isso, nem pensar!

— Por outro lado — disse o "DE OUTRO" — se estiver pensando que somos pessoas de carne e osso, trate de conversar conosco.

— Oh! — exclamou Alice. — Peço mil desculpas!

E foi tudo o que conseguiu dizer, pois as palavras de uma velha cantiga começaram a soar em sua mente, como se fosse o tique-taque de um relógio. Foi a custo que ela conseguiu conter-se, sem cantá-la em voz alta. E a cantiga era assim:

Cara-de-Um ameaçava:
"Eu te pego e te escangalho,
porque tu, Focinho-de-Outro,
estragaste o meu chocalho."

Eis que um corvo horripilante,
mais preto do que um tição,
passa perto, e num instante
encerrou-se a discussão.

— Sei em que você está pensando — disse Cara-de-Um — mas garanto-lhe que se engana redondamente.

— Por outro lado — retrucou Focinho-de-Outro, — se assim for, assim será; se assim não for, então não será; portanto, tanto pode ser, como pode não ser. Isso é lógico.

— O que eu estava pensando — disse Alice com toda a polidez possível — era na melhor maneira que haveria de sair deste bosque. Está ficando tão escuro! Será que vocês poderiam me ajudar?

Os dois gorduchinhos apenas se entreolharam e trocaram um sorriso. De tal modo lembravam uma dupla de estudantes, que Alice não resistiu e, apontando com o dedo para Cara-de-Um, ordenou:

— Vou argüir você em primeiro lugar!

— Eu, não! — gritou Cara-de-Um, assustado, tapando a boca com a mão espalmada.

— Então responda você! — ordenou, olhando dessa vez para Focinho-de-Outro, e na certeza de que ele começaria sua resposta com as palavras "Por outro lado".

De fato, ele ia começar dizendo aquilo, mas mudou de idéia e falou:

— Você começou tudo errado! A primeira coisa que o visitante tem de fazer é cumprimentar, perguntando "Como é que vai?" e apertando as mãos do visitado.

E, passando da teoria à prática, os dois irmãos se deram tapinhas nas costas e trocaram um aperto de mãos, estendendo-as depois para Alice, que preferiu não cumprimentá-los separadamente, para não magoar esse ou aquele, preferindo apertar ao mesmo tempo a mão de ambos, a melhor saída que encontrou para sair daquele aperto. Foi o bastante para que eles começassem a dançar, como se estivessem brincando de roda.

Aquilo lhe pareceu inteiramente natural (conforme recordou mais tarde), do mesmo modo que não lhe causou qualquer surpresa escutar uma música que tocava no mesmo ritmo de seus passos. O som parecia provir da árvore sob a qual estavam os três, e era produzida (pelo menos, assim lhe pareceu) pelo esfregar dos galhos finos contra os galhos mais grossos, como se fossem arcos e violinos.

— E o mais engraçado — disse Alice mais tarde, ao contar essa aventura para sua irmã — foi que, quando dei por mim, estava cantando "*Vamos brincar de roda em torno da amoreira*". Não sei em que momento eu teria começado a cantiga, mas a impressão que me deu foi a de que já a estava cantando há longo tempo!

Os dois gorduchos logo ficaram sem fôlego, e Cara-de-Um então disse, em tom de desculpa:

— Quatro rodadas é o bastante para uma dança.

E, do mesmo modo súbito como haviam começado a dançar, interromperam a dança, ao mesmo tempo em que a música parava de tocar. Largando a mão de Alice, ficaram ambos a fitá-la durante um minuto. A pausa foi um tanto constrangedora, pois Alice não sabia como entabular uma conversação com duas pessoas com as quais acabara de dançar. "Não seria o caso de perguntar a eles como estão passando", pensou. "Já superamos essa fase, creio eu." Finalmente, ocorreu-lhe algo a dizer, e ela o fez:

— E então, ficaram muito cansados?

— Imagine! E muito, muito obrigado por ter perguntado — respondeu Cara-de-Um.

— Muitíssimo obrigado! — confirmou Focinho-de-Outro. — Gosta de poesias?

— Hmm... sim — respondeu Alice, depois de alguma hesitação, completando em seguida: — Gosto de algumas poesias. Poderiam fazer o obséquio de me informar qual estrada devo tomar para sair deste bosque?

— Que devo recitar para ela, mano? — perguntou Focinho-de-Outro a Cara-de-Um, com ar solene, sem prestar atenção à pergunta que a menina acabava de fazer.

— Recite "A Morsa e o Carpinteiro", que é a mais comprida — respondeu Cara-de-Um, abraçando ternamente o irmão.

No mesmo instante, Focinho-de-Outro começou:

Brilhava o sol sobre o mar...

Mas Alice atreveu-se a interrompê-lo, dizendo, o mais educadamente que pôde:

— Se a poesia for comprida demais, seria possível dar-me antes a informação que pedi?

Focinho-de-Outro apenas sorriu, recomeçando logo em seguida:

Brilhava o sol sobre o mar,
como se estivesse aflito;
as ondas lançavam chispas;
tudo era muito bonito;
mas isso ocorria à noite,
o que era bem esquisito.

A lua nem quis sair:
ficou discreta num lado,
não entendendo o porquê
desse dia prolongado.
"Que houve com o pôr-do-sol?
Será que foi adiado?"

A areia estava sequinha,
e o mar soltava vapor;
não se via uma só nuvem,
e nada de o sol se pôr;
até as aves sumiram
para escapar do calor.

O Carpinteiro e a Morsa
de mãos dadas caminhavam.
Nas areias escaldantes,
os pés deles se afundavam.
Nada podendo fazer,
os dois só se lamentavam:

"Se sete moças dispostas,
durante um ano seguido
viessem varrer aqui",

disse a Morsa, "eu não duvido
de que a areia acabaria!"
"Que idéia mais sem sentido!:"

De repente, os dois avistam
várias ostras numa ostreira.
Surge na mente da Morsa
uma idéia bem matreira:
"Ei, amigas, que tal darmos
uma voltinha ligeira?"

Voltou-se a ostra mais velha
e espiou-a com atenção,
procurando adivinhar
a verdadeira intenção
do inesperado convite.
Sua resposta foi: "Não!"

Mas quatro ostrinhas ingênuas
acharam interessante
o tal convite da Morsa,
e então, nesse mesmo instante,
à dupla se apresentaram
com aspecto radiante.

Antes que tivesse início
o passeio à beira-mar,
outras ostras resolveram
aquelas quatro imitar.
Em pouco, mais de vinte ostras
preparavam-se para andar.

Começou a caminhada,
todos juntos a cantar.
Uma milha mais adiante,
resolveram descansar,
assentados num rochedo
que havia à beira do mar.

"Chegou a hora", disse a Morsa,
"de explicar vários assuntos:

por que os navios flutuam,
por que os mortos são defuntos,
por que o mar às vezes ferve,
por que os porcos dão presuntos."

"Não fale ainda", pediram
as ostras, esbaforidas.
"A caminhada cansou-nos!"
"Nós esperaremos, queridas!"
Curvando a cabeça, as ostras
sorriram agradecidas.

"Ainda bem que trouxemos
um bom pedaço de pão;
também pimenta e vinagre
aqui não nos faltarão;
assim sendo, já podemos
dar início à refeição."

Gritam as ostras em pânico:
"E o que pretendem comer?
Se for a nós, isso é coisa

que não se deve fazer!"
"Gostei da lição! Garanto
que nunca a irei esquecer."

E a Morsa continuou:
"É muita delicadeza
virem aqui de tão longe
para encherem nossa mesa!"
Enquanto isso, o Carpinteiro
cortava o pão com destreza.

"Minhas amigas, a vida,
infelizmente, é assim:
enquanto dura, é bonita,
mas um dia chega ao fim..."
O Carpinteiro só disse:
"Passe a manteiga pra mim?"

Soluçando, disse a Morsa:
"Eu sinto um pesar imenso
por comê-las, mas nem mesmo
as pequenas eu dispenso..."
As lágrimas lhe escorreram,
e ela as secou com um lenço.

"Quem não gostou do passeio?
Quem foi que se arrependeu?",
perguntou o Carpinteiro,
depois que as ostras comeu.
A pergunta foi gentil,
mas ninguém lhe respondeu.

— Gostei mais da Morsa — comentou Alice, — porque ela sentiu um pouquinho de pena das infelizes ostras.

— É, mas ela comeu mais do que o Carpinteiro — disse Focinho-de-Outro. — Aquela história de usar o lenço foi para que ele não pudesse contar quantas ostras ela estava comendo. Entendeu o outro lado?

— Então foi essa a sua intenção! — exclamou Alice indignada. — Sendo assim, gostei mais do Carpinteiro, já que ele comeu menos ostras que a Morsa.

— Ora, ele comeu o tanto que pôde — replicou Cara-de-Um.

Alice sentiu-se desnorteada. Depois de uma pausa, disse:

— Pensando bem, era cada um pior que o outro...

Súbito, ela escutou um ruído assustador, ficando sem saber se seria o resfolegar de uma locomotiva ou o ronco de alguma fera.

— Aqui por perto há tigres ou leões? — perguntou, com ar assustado.

— O Rei Preto deve estar cochilando aqui por perto — explicou Focinho-de-Outro.

— Venha vê-lo — disseram os dois ao mesmo tempo, tomando-a pela mão e levando-a até junto do tronco de uma árvore. — Não é uma visão encantadora?

Alice não podia dizer que sim, sob o risco de passar por mentirosa. O rei usava uma touca de dormir comprida, com uma borla na ponta, e estava espojado no chão, em posição deselegante, sem falar nos roncos altos que deixava escapar.

— Até parece que a cabeça dele vai sair voando! — comentou Cara-de-Um.

— Deitado assim, nessa grama úmida, corre o risco de ficar resfriado — disse Alice, que era uma menininha muito sensata.

— Neste momento, ele está sonhando — disse Focinho-de-Outro. — Sabe com quem?

— Isso é uma coisa que ninguém pode adivinhar — respondeu a menina.

— Pois ele está sonhando com você! — exclamou Focinho-de-Outro triunfante, batendo palmas. — Se não fosse assim, onde você supõe que estaria?

— Estaria aqui mesmo, ora! — respondeu Alice.

— Aqui? Não! — contestou Focinho-de-Outro, com ar de desdém. — Não estaria em lugar algum, já que você não passa de uma personagem do sonho dele.

— Se o Rei acordasse agora — confirmou Cara-de-Um, — você simplesmente sumiria — flip! — como a chama de uma vela!

— Isso é que não! — protestou Alice. — E tem mais: se não passo de personagem do sonho dele, e vocês, que são?

— Eu? Idem! — respondeu Cara-de-Um.

— E eu, idem, ibidem! — confirmou Focinho-de-Outro.

Os dois gritaram tão alto, que Alice não pôde deixar de repreender, dizendo:

— Psit! Vão acordá-lo, se continuarem falando alto assim!

— É inútil vir você falar em acordá-lo — disse Cara-de-Um, — sendo apenas personagem de seu sonho. Você está cansada de saber que não é real.

— Sou real, sim! — protestou Alice, rompendo a chorar.

— Você não vai tornar-se nem um pouco mais real pelo fato de estar chorando — observou Focinho-de-Outro. — Aliás, não há motivo algum para chorar.

— Se eu não fosse real — retrucou Alice, começando a achar graça no ridículo de toda aquela cena, — eu não seria capaz de derramar lágrimas.

— Espero que você não esteja achando que essas lágrimas são reais... — replicou Cara-de-Um, com ar de enorme desprezo.

"Sei que estão dizendo um absurdo", pensou Alice, "e que é tolice chorar por causa disso" — e tratou de enxugar as lágrimas, continuando a caminhar. "Seja como for, o melhor que faço é sair do bosque, pois está escurecendo para valer!"

— Acham que vai chover? — perguntou aos dois irmãos.

Cara-de-Um abriu um guarda-chuva, abrigando-se embaixo dele juntamente com Focinho-de-Outro. Em seguida, olhou para cima e disse:

— Não, não acho que vá chover... ao menos, aqui embaixo deste guarda-chuva. Aqui, não.

— E fora daí?

— Fora daqui, pode, é claro. — respondeu Focinho-de-Outro. — De nossa parte, não fazemos qualquer objeção. Ao contrário!

"Dupla de egoístas!", pensou Alice, e já se preparava para despedir-se, quando Cara-de-Um saiu de sob o guarda-chuva e segurou-a pelo pulso.

— Está vendo aquilo ali? — perguntou, com voz trêmula e assustada, de olhos arregalados, enquanto apontava para uma coisinha branca embaixo da árvore.

— É um guizo de brinquedo, nada mais que isso — respondeu a menina, depois de examinar o objeto. — Não precisa ter medo, não é um guizo de cascavel. É apenas um chocalho, e velho, ainda por cima. Velho e quebrado.

— Eu sabia! — exclamou Cara-de-Um, tomado de fúria, sapateando e arrancando os cabelos. — Está estragado, já sei!

No mesmo instante, olhou para Focinho-de-Outro, que imediatamente se sentou no chão, tentando esconder-se sob o guarda-chuva. Alice segurou-lhe o braço e lhe disse, procurando confortá-lo:

— Não precisa ficar tão zangado por causa de um chocalho velho!

— Mas ele não é velho! — explodiu Cara-de-Um, mais furioso ainda. — Ele é novo, pode crer! Comprei-o ontem! Ah, meu chocalho! Meu chocalho NOVO!

Ao dizer a última palavra, berrou o mais alto que pôde.

Nesse meio tempo, Focinho-de-Outro fazia o possível para fechar o guarda-chuva sem sair de dentro dele. Aquilo era tão esquisito, que atraiu a atenção de Alice, fazendo-a esquecer um pouco a fúria do outro. Por fim, ele não conseguiu realizar a contento o que tinha planejado, ficando enrolado no pano do guarda-chuva, com a cabeça de fora, calado e de olhos fechados, "igualzinho um peixe", como Alice mais tarde descreveu.

— Naturalmente você concorda em lutar? — perguntou Cara-de-Um, em tom mais calmo.

— Creio que sim — respondeu o outro, emburrado, tentando sair de dentro do guarda-chuva. — E é ela quem deve ajudar-nos a vestir, certo?

Os dois irmãos entraram no bosque de mãos dadas, regressando um minuto depois com os braços cheios de coisas: travesseiros, cobertores, capachos, toalhas de mesa, panos de prato e baldes de carvão.

— Espero que você saiba prender alfinetes e dar nós — disse Cara-de-Um. — Todas essas coisas aqui têm de ficar presas entre si, seja como for.

Mais tarde, Alice relatou que jamais havia visto tanta confusão a troco de nada, em toda a sua vida: a maneira como os dois estavam alvoroçados, a quantidade de coisas que trouxeram, além do trabalho que deram de amarrar barbantes, dar nós e prender botões. "Esses dois vão ficar parecidos com trouxas de roupas velhas, quando estiverem prontos!", disse ela consigo própria, enquanto amarrava um travesseiro ao redor do pescoço de Focinho-de-Outro. "E tudo isso, apenas para evitar que sejam decapitados..."

— Você está certo — dizia ela, enquanto terminava de dar um laço, — a pior coisa que pode acontecer a um combatente é perder a cabeça...

Antes de terminar a frase, veio-lhe uma irrefreável vontade de rir, que ela conseguiu disfarçar, fingindo que tinha sido tomada de um ataque de tosse, a fim de não ferir os sentimentos dos dois irmãos.

— Estou muito pálido? — perguntou Cara-de-Um, abaixando a cabeça para que ela lhe pusesse o capacete (que, na realidade, parecia antes uma caçarola velha).

— Está... mas só um pouquinho — respondeu Alice gentilmente.

— Em geral, sou bastante corajoso — prosseguiu ele em voz alta. — Mas acontece que, logo hoje, estou com dor de cabeça...

— E eu com dor de dente! — retrucou Focinho-de-Outro, que tudo havia escutado. — Minha situação é pior que a sua.

— Então é melhor que não lutem hoje — disse Alice, aproveitando a oportunidade para tentar promover a paz entre os dois.

— Temos de lutar, nem que seja um pouquinho — disse Cara-de-Um. — Não precisa demorar muito. Que horas são?

Focinho-de-Outro examinou o relógio e respondeu:

— Quatro e meia.

— Vamos lutar até dar seis horas, e depois jantaremos — propôs Cara-de-Um.

— Está certo — concordou o outro, com cara triste. — E ela pode ficar assistindo à luta, mas sem chegar muito perto. Costumo acertar tudo o que vejo, quando me enfureço.

— E eu acerto qualquer coisa que esteja dentro do meu alcance — retrucou Cara-de-Um, — mesmo que não veja em que estou batendo.

Alice comentou, dando risada:

— Imagino que vocês estejam constantemente espancando as árvores...

Cara-de-Um olhou ao redor, sorrindo satisfeito:

— Não creio que fique uma árvore de pé, num raio bem amplo, ao término de nossa luta.

— E pensar que tudo isso é por causa de um chocalho! — comentou Alice, ainda com esperança de deixá-los envergonhados ao recordarem o porque de toda aquela briga.

— Eu não teria ficado tão zangado — disse Cara-de-Um, — se ele não fosse novinho em folha...

"Gostaria de que aquele corvo monstruoso aparecesse por aqui", pensou a menina.

— Só temos uma espada, como você sabe — disse Cara-de-Um ao irmão, — mas você pode lutar usando o guarda-chuva, que também é pontudo. E vamos tratar de começar logo, porque está ficando cada vez mais escuro.

— Está mesmo muito escuro — concordou Focinho-de-Outro.

De fato, estava escurecendo tão depressa, que Alice imaginou estar-se aproximando uma tempestade.

— Vejam aquela nuvem negra que está vindo em nossa direção — disse ela. — E como vem depressa! Até parece que tem asas!

— É o corvo! — gritou Cara-de-Um, com voz esganiçada.

Os dois irmãos trataram de fugir a toda pressa, desaparecendo de vista em poucos segundos. Alice também correu, procurando esconder-se no bosque. Por fim, parou debaixo de uma árvore copada, enquanto pensava: "Ele é grande demais para enfiar-se debaixo das árvores. Mas eu preferia que não batesse as asas com tanta força, pois isso está provocando um verdadeiro pé-de-vento aqui no bosque! A propósito, estou vendo o xale de alguém flutuando no meio da ventania!"

CAPÍTULO 5

Lã e Água

Num salto, ela agarrou o xale e olhou em redor, procurando quem seria a dona dele. Não demorou e avistou a Rainha Branca, que vinha correndo velozmente pelo bosque, com os braços estendidos para a frente, como se estivesse voando. Delicadamente, Alice adiantou-se, exibindo o xale que acabava de agarrar:

— Estou alegre pelo fato de estar no caminho, e ter podido apanhar seu xale — disse ela, ajudando a Rainha a recolocá-lo.

A Rainha Branca mal olhou para ela, com ar aflito, enquanto sussurrava sem parar uma frase que soava como se ela estivesse dizendo "Pão com manteiga! Pão com manteiga!"

Alice imaginou que, para entabular uma conversação, teria ela de tomar a iniciativa. E então começou, com alguma timidez:

— Porventura estou-me dirigindo à Rainha Branca?

— Creio que sim, embora não a veja dirigindo coisa alguma — respondeu a Rainha. — O que você está fazendo não combina com o sentido que essa palavra tem para mim.

Sem querer começar a conversa com uma discussão, Alice limitou-se a sorrir, dizendo em seguida:

— Se Vossa Majestade fizer o obséquio de dizer-me como devo fazer para dirigir-me a uma rainha, tentarei obedecê-la da melhor maneira que puder.

— Não quero que você dirija seja lá o que for! — gemeu a pobre Rainha Branca. — É só isso que tenho feito durante as últimas horas!

Alice não entendeu bem o que ela queria dizer com "dirigir", já que as rainhas costumam ter quem dirija para elas e as ajude a fazer tudo, inclusive a se vestirem. Mas parecia não ser o caso da Rainha Branca, que estava bastante desarrumada, "toda amarfanhada, com tudo fora do lugar", pensou Alice, "e, ainda por cima, preso com alfinetes!"

— Posso arrumar o seu xale? — perguntou.

— Não sei o que está acontecendo com ele! — queixou-se a Rainha, em tom melancólico. — Parece estar decidido a me aborrecer. Preguei-o com alfinetes aqui e ali, e nada de conseguir que ele fique arrumado!

— Ele não pode ficar arrumado, se a senhora puser todos os alfinetes só de um lado! — explicou Alice, ajeitando o xale. — E esse seu cabelo, querida? Que fez com ele?

— A escova ficou embaraçada nele — lamentou a Rainha, com um suspiro, — e tive de perder o pente, logo ontem!

Alice encontrou a escova e a retirou cuidadosamente, fazendo o possível para arrumar-lhe o cabelo. Feito isso, recolocou os alfinetes da melhor maneira que pôde, e por fim disse à Rainha:

— Agora, a senhora está com melhor aparência. Venha ver. Uma camareira está lhe fazendo muita falta!

— O lugar é seu, se quiser — ofereceu a Rainha. — Duas moedas por semana, e sobremesa, dia sim, dia não.

Alice não pôde conter o riso ante a proposta, respondendo:

— Não estou precisando de emprego no momento. Além disso, não costumo comer sobremesa.

— É porque não provou da nossa geléia! É ótima!

— Acredito, mas é que não quero comer geléia hoje.

— Mesmo que quisesse, não seria possível comer geléia hoje — disse a Rainha. — Nossa regra é esta: geléia ontem, geléia amanhã; hoje, nunca.

— Mas deve haver algum dia de "geléia hoje", ora!

— Não, não. A geléia é sempre no *outro* dia. Hoje é hoje, não é "outro dia".

— Não consigo entender tamanha confusão!

— Isso é resultado do fato de viver "lá atrás" — explicou a Rainha. — No princípio, a pessoa fica assim, meio atordoada...

— Viver lá atrás! — repetiu Alice, tomada de espanto. — Nunca ouvi falar em tal coisa!

— ... mas há uma grande vantagem nisso: a memória da pessoa trabalha em duas direções.

— No que se refere à minha memória — retrucou Alice, — garanto que ela só trabalha numa direção. Não posso recordar-me de algo que ainda não aconteceu!

— Fraca memória essa, que só sabe recuar no tempo... — comentou a Rainha.

— Que tipo de coisas a senhora recorda melhor? — aventurou-se Alice a perguntar.

— Oh, as coisas que aconteceram na semana depois da semana que vem — respondeu a Rainha em tom descuidado. — Agora, por exemplo — prosseguiu, esmagando entre os dedos um pedaço de gesso, — que está acontecendo com o Mensageiro do Rei? Está na prisão, sendo punido, e o julgamento não deverá ter início senão na próxima quarta-feira. Só depois disso, naturalmente, é que ele irá cometer um crime.

— Suponhamos que ele jamais chegue a cometer esse crime?

— Isso seria excelente, não é mesmo? — disse a Rainha, prendendo o gesso no dedo com a ajuda de uma fita.

Alice concordou que não havia como negar aquilo, mas quis prosseguir:

— Que seria excelente, seria, mesmo achando que não está. Alguma vez já sofreu punição?

— Pequenos castigos, já.

— E não achou que foram excelentes para você? — retrucou a Rainha, com ar triunfante.

— Não posso reclamar, pois cometi as faltas pelas quais acabei sendo castigada. Eis a diferença.

— Mesmo que não as houvesse cometido — replicou a Rainha, — ainda assim teriam sido excelentes, muito excelentes, excelentíssimas!

À medida que falava, a voz da Rainha ficava cada vez mais esganiçada. Alice já havia começado a retrucar, quando a voz da outra se transformou num verdadeiro guincho, e ela começou a berrar:

— Oh, oh, oh! Meu dedo está sangrando! Oh, oh, oh!

Os gritos lembravam tanto os apitos de uma locomotiva, que Alice teve de tapar os ouvidos com os dedos. Numa pausa que a Rainha fez, ela conseguiu falar:

— Qual é o problema? Cortou o dedo?

— Ainda não, mas vai acontecer daqui a pouco. Oh, oh, oh!

— E quando será isso? — perguntou Alice, segurando o riso.

— Quando eu quiser prender um broche sobre o xale — respondeu ela com um gemido. — Ele vai abrir-se e... oh, oh, oh!

Dito e feito: o broche abriu-se sozinho, e ela tentou fechá-lo, segurando-o desajeitadamente.

— Cuidado! — alertou Alice. — A senhora está segurando o broche pelo lado errado!

Estendeu a mão para ajudá-la, mas já era tarde: a Rainha tinha espetado o dedo no alfinete do broche.

— Foi por isso que estava saindo sangue — disse ela para Alice, sorrindo. — Vê? É assim que acontecem as coisas por aqui.

— Mas por que a senhora parou de gemer e de gritar? — perguntou Alice, pronta para tapar os ouvidos novamente.

— Ora, já gemi e gritei o suficiente. Para que começar tudo de novo?

Nesse momento, começava a clarear. "Acho que o corvo voou para longe", pensou Alice. "Isso é bom. Pensei que estava anoitecendo."

— Gostaria de conseguir ficar alegre — comentou a Rainha, — mas nunca me lembro como é que se faz isso. Você deve ser muito feliz por viver neste bosque e ficar alegre sempre que deseja!

— Só que aqui é muito solitário... — replicou Alice com voz triste, enquanto duas lágrimas lhe escorriam pelo rosto.

— Oh, não faça isso! — gritou a rainha, torcendo as mãos e com ar de desespero. — Lembre-se de que você é uma ótima menina, lembre-se do quanto já caminhou hoje, lembre-se de quantas horas são, lembre-se de qualquer coisa, exceto de chorar!

Alice não pôde conter o riso, mesmo antes de secar suas lágrimas.

— A senhora consegue parar de chorar apenas lembrando uma porção de coisas?

— É assim que se deve fazer — disse a Rainha, demonstrando absoluta certeza do que estava dizendo. — Ninguém consegue fazer duas coisas ao mesmo tempo, conforme você bem sabe. Tente lembrar-se de algo, para começar... vejamos... quantos anos você tem?

— Sete anos e meio, exatamente.

— Não precisa dizer "exatamente" — observou a Rainha. — Mesmo que não o diga, acredito em você. Agora vou dizer algo para você acreditar: eu tenho cento e um anos, cinco meses e um dia.

— Não posso acreditar nisso! — protestou Alice.

— Não pode? — perguntou a Rainha, em tom de compaixão. — Faça um esforço: prenda a respiração, feche os olhos e veja se consegue.

— Para que tudo isso? — perguntou Alice, rindo. — Não se pode acreditar em coisas impossíveis!

— Garanto que você não tem muita prática nisso. Quando eu tinha a sua idade, costumava treinar todo dia, durante meia hora. Às vezes conseguia acreditar em mais de seis coisas impossíveis, antes mesmo do café da manhã. Ih, lá se vai o meu xale outra vez!

Enquanto ela falava, o broche se abrira novamente, e uma súbita rajada de vento levou o xale para a margem oposta do regato. A Rainha estendeu os braços e saiu voando atrás dele, conseguindo dessa vez apanhá-lo sozinha.

— Peguei! — gritou, com ar radiante. — Agora eu mesma vou prendê-lo, você vai ver!

— Quer dizer que seu dedo agora está melhor? — perguntou Alice educadamente, saltando o regato para ir ao encontro da Rainha.

* * *

— Ah, muito melhor! — exclamou a Rainha, que continuou a repetir a frase, enquanto sua voz se transformava pouco a pouco num guincho: — Muito melhooor! Meeeelhor! Me-e-e-lhor! Meeé!

No último grito, sua voz lembrava o balido de uma ovelha. Alice ficou surpresa, olhando para a Rainha, e começou a enxergá-la toda revestida de lã. Estremecendo, esfregou os olhos e olhou de novo, sem poder entender o que estaria acontecendo. Parecia-lhe agora estar dentro de uma loja — seria verdade? E era realmente um carneiro que a fitava, sentado do outro lado do balcão? Esfregou os olhos de novo, porém, por mais que o fizesse, nada conseguia, senão enxergar cada vez mais nítido

aquela inesperada cena: ela estava numa espécie de mercearia mal-iluminada, cotovelos apoiados no balcão, defronte a uma velha Ovelha, sentada numa cadeira de braços. A Ovelha fazia tricô e, de vez em quando, interrompia o trabalho para espiá-la por detrás de um enorme par de óculos.

— Que deseja comprar? — perguntou finalmente a Ovelha.

— Ainda não me decidi — respondeu a menina com gentileza. — Se for possível, gostaria de dar uma olhada aí em volta.

— Com uma única olhada, você só pode ver o que há numa única direção. Não pode dar "uma olhada aí em volta", a não ser que tenha olhos na nuca.

E como Alice não os tinha, o jeito foi contentar-se em dar várias olhadas, examinando atentamente as prateleiras da loja.

Ali parecia haver tudo quanto era tipo de coisas curiosas, mas o que parecia mais estranho era que bastava olhar atentamente para uma estante, tentando examinar minuciosamente o que nela estava exposto, para que ela se mostrasse vazia! Enquanto isso, as outras prateleiras continuavam abarrotadas de objetos.

— Aqui, as coisas somem de repente! — lamentou-se, depois de perder mais de um minuto procurando algo brilhante que tinha conseguido entrever, sempre na prateleira acima da que ela estava examinando, e que ora parecia ser uma boneca, ora uma caixinha de costura. "Essa brincadeira está muito aborrecida", pensou, "mas não desistirei enquanto não descobrir o que é que tanto brilha na prateleira superior, nem que eu tenha de ir subindo pela estante até chegar ao teto da loja! Dali, creio que ela não vai conseguir passar!"

Mas sua certeza não se confirmou, porque a "coisa" atravessou o teto tranqüilamente, como se aquilo fosse a coisa mais natural do mundo.

— Afinal de contas, o que você é: menina ou piorra? — perguntou a Ovelha, retomando as agulhas de tricô. — Você vai me deixar tonta, se continuar girando desse jeito!

Ela estava então trabalhando com quatorze pares de agulhas ao mesmo tempo, e Alice não podia deixar de ficar olhando para aquilo espantadíssima. "Como pode tricotar assim, pegando um novo par de agulhas de tempos em tempos?", pensou Alice, assombrada. "Até parece que ela está segurando um porco-espinho!"

— Você sabe remar? — perguntou a Ovelha, estendendo-lhe um par de agulhas de madeira.

— Sim, um pouco... mas não em terra... e jamais com agulhas — começou Alice a dizer, quando subitamente as agulhas que segurava se transformaram em remos, e ela se viu dentro de uma canoinha, deslizando numa lagoa, não lhe restando outra alternativa senão a de remar o melhor que podia.

— Pena! — gritou a Ovelha, enquanto pegava outro par de agulhas.

Não sabendo como responder, Alice manteve-se calada, continuando a remar. Havia algo esquisito com aquela água, pensou ela, pois de vez em quando os remos pareciam ficar presos, sendo difícil erguê-los do fundo.

— Pena! Pena! — gritou de novo a Ovelha, pegando novas agulhas. — Você está prestes a pegar um caranguejo.

"Eu bem que gostaria de ter aqui comigo um belo caranguejinho", pensou Alice.

— Não me escutou dizer "pena"? — repreendeu a Ovelha com aspereza, apanhando um punhado de agulhas de uma só vez.

— Claro que escutei. A senhora repetiu essa palavra muitas vezes, e em voz bem alta. Por favor: onde estão os caranguejos?

— Só poderiam estar na água! — respondeu a Ovelha, enfiando algumas agulhas na sua lã, já que as mãos estavam cheias. — Pena, estou dizendo!

— E por que fica aí dizendo "pena", se eu não sou ave?

— É sim! Você é uma gansa! Uma gansinha!

Alice sentiu-se um pouco ofendida, ficando sem conversar durante uns dois minutos, enquanto a canoa deslizava suavemente, ora atravessando tufos de ervas (que dificultavam tremendamente suas remadas), ora seguindo à sombra das copas de árvores enormes, mas sempre ladeadas por margens escarpadas, cujo topo ela não conseguia enxergar.

— Oh, por favor — gritou Alice, subitamente tomada de satisfação, — que vejo? Juncos aromáticos! São tão difíceis de encontrar! Que beleza!

— E por que disse "por favor"? — perguntou a Ovelha, sem tirar os olhos de seu trabalho. — Não fui eu quem os pôs ali e não pretendo arrancá-los.

— O que eu quis foi pedir por favor para pararmos, a fim de que eu possa colher alguns. Espero que isso não a incomode.

— Como poderei eu parar esta canoa? Se você não remar, ela acabará parando sozinha.

Foi o que Alice fez, e a canoa deslizou vagarosamente na correnteza, até que penetrou entre os tufos de juncos ondulantes. Depois de arregaçar as mangas do vestido, enfiou os bracinhos na água até à altura dos cotovelos, para arrancar os juncos, ao invés de quebrá-los. Por algum tempo, esqueceu-se inteiramente da Ovelha e de seu tricô, inclinada sobre a água, deixando molhar as pontas dos cabelos, enquanto apanhava punhados de juncos, uns após outros, com os olhos brilhando de impaciência.

— Só espero que esta canoa não vá virar — murmurou para si própria. — Hum! Que beleza, aquele ali! Pena que não consigo alcançá-lo.

De fato, aquilo já começava a tornar-se exasperador ("até parecia de propósito", pensou): apesar de ter apanhado tantos e tão lindos juncos, sempre havia algum mais bonito ainda, mas que ela não conseguia alcançar.

— Os mais belos sempre estão fora do meu alcance! — exclamou finalmente, com um suspiro, desistindo de prosseguir com sua colheita.

Com as bochechas coradas, e os cabelos e mãos úmidos, voltou a sentar-se em seu lugar e começou a arranjar seus novos tesouros.

Nesse momento, porém, os juncos começaram a murchar e a perder seu perfume e beleza. Por quê? Bem, se eles fossem de verdade, como se sabe, não iriam durar muito; os que Alice colheu, que não passavam de juncos de sonho, deveriam durar ainda menos, derretendo-se como flocos de neve e caindo inteiramente murchos a seus pés. Mas ela nem notou isso, tantas eram as coisas curiosas a atrair seus pensamentos.

Não tinham avançado muito além, quando a pá de um dos remos ficou presa na água, não querendo mais subir (pelo menos, foi essa a explicação que ela deu), e, em conseqüência disso, o cabo acertou-lhe uma pancada no queixo, não se importando com a série de gritinhos que ela deu ("Ui! Ui! Ui!") e derrubando-a no fundo da canoa, junto aos feixes de juncos.

Apesar de tudo, ela nada sofreu, e logo já estava de novo assentada em seu lugar, enquanto a Ovelha continuava a tricotar como se nada houvesse acontecido.

— Que belo caranguejo você pegou! — disse ela para Alice, que franziu o cenho curiosa, olhando atentamente para as águas escuras.

— É mesmo? Nem vi! É pena que ele tenha ido embora, pois eu gostaria muito de levar comigo para casa um caranguejinho...

A Ovelha deu uma risada irônica e prosseguiu com seu tricô.

— Por aqui há muitos caranguejos? — perguntou Alice.

— Caranguejos e todo tipo de coisas — respondeu a Ovelha, — à sua escolha, tudo à sua disposição. E então, que quer comprar?

— Comprar?! — exclamou Alice, num misto de susto e surpresa, pois remos, canoa e lagoa acabavam de desaparecer, e ela se achava de novo na lojinha escura.

— Gostaria de comprar um ovo, se for possível. Aqui tem?

— Um custa cinco moedas; dois, três moedas.

— Como? Dois ovos custam menos que um? — perguntou Alice espantada, tomando de sua bolsa.

— Sim, mas tem uma coisa: quem comprar dois, tem de comer os dois.

— Então me dê só um, por favor — disse ela, pondo as moedas sobre o balcão, enquanto pensava: "Talvez não sejam dos melhores..."

A Ovelha guardou o dinheiro numa caixa e disse:

— Não espere que eu os entregue a você, pois jamais faço isso. Pegue-os você mesma.

Em seguida, foi para a outra extremidade da loja e depositou o ovo numa prateleira. "Por que será que ela não gosta de entregá-los pessoalmente?", pensou Alice, enquanto caminhava com dificuldade por entre as mesas e cadeiras, naquela parte que era a mais escura da loja. "Quanto mais caminho em sua direção, mais esse ovo parece ficar distante! Que é isto aqui? Uma cadeira? Poderia jurar que ela tem galhos! Seria muito esquisito encontrar uma árvore aqui dentro! E não é que isto aqui é um regato? Que loja! É a mais esquisita que já vi!"

* * *

E lá se foi ela, espantando-se a cada novo passo que dava, vendo transformar-se em árvore todo objeto do qual se aproximava. Só faltava que aquilo acontecesse com o ovo...

Capítulo 6

Osvaldo Oval

Nesse meio tempo, o ovo começou a crescer, tornando-se cada vez maior e cada vez mais humano. Quando Alice chegou a uns poucos passos de distância, viu que ele tinha olhos, nariz e boca! Chegando ainda mais perto, reconheceu que se tratava do famoso OSVALDO OVAL em pessoa. "Não pode ser outro", pensou. "Tenho tanta certeza disso, que é como se o nome dele estivesse escrito na sua cara!"

E de fato era possível escrever facilmente aquele nome umas cem vezes, naquela cara enorme. Osvaldo Oval estava sentado de pernas cruzadas, como se fosse um turco, em cima de um muro tão estreito, que era de se espantar como conseguia manter-se equilibrado sem cair. E como seus olhos estavam fixos na direção oposta à de Alice, ele sequer notou a sua presença, fazendo-a pensar a princípio que se achava diante de uma criatura empalhada.

— Tem exatamente o aspecto de um ovo! — exclamou Alice em voz alta, estendendo as mãos para ampará-lo, caso ele caísse de onde estava.

— Que coisa mais desagradável — disse Osvaldo Oval depois de um longo silêncio, sempre evitando olhar para Alice — ser chamado de ovo! Muito desagradável!

— Eu disse apenas que o senhor tinha *aspecto* de ovo — desculpou-se Alice. — Alguns ovos, como o senhor bem sabe, são muito bonitos!

Com esse comentário, esperava que ele tomasse suas palavras como uma espécie de cumprimento.

— Há pessoas — continuou Osvaldo Oval, olhando para longe, como de costume — que têm tanto juízo quanto uma criança...

Alice não sabia como responder, já que aquilo não era uma conversação: ele não estava se dirigindo a ela, afinal de contas. Sua última frase fora dirigida, sem dúvida alguma, a uma árvore das imediações. Assim sendo, ela nem notou que estava declamando em voz baixa uma conhecida poesia, que era assim:

Osvaldo Oval, sentado no muro,
levou uma queda e caiu duro;
os soldados do Rei vieram ajudar,
mas não conseguiram repô-lo em seu lugar.

— Esse último verso é um tanto comprido, não cabe na poesia — comentou ela, em voz um pouco mais alta, esquecendo-se que Osvaldo Oval poderia escutá-la.

— Pare de falar sozinha — disse ele, fitando-a pela primeira vez. — Fale comigo. Diga-me seu nome e profissão.

— Meu nome é Alice, e...

— Que nome bobo! — interrompeu Osvaldo Oval, demonstrando impaciência. — Que significa?

— Todo nome tem de ter um significado? — perguntou ela com ar de dúvida.

— Claro que tem! — respondeu ele, dando uma risadinha. — Veja o meu, por exemplo: define meu formato. Aliás, um belo formato. Já o seu nome não dá a menor indicação de qual seja o seu formato...

— Por que está sentado aí sozinho? — disse ela mudando de assunto, para evitar discussão.

— Ora, porque não há outra pessoa aqui do meu lado! Achou que eu não saberia responder? Tente outra pergunta.

— Não acha que estaria mais seguro aqui embaixo? — perguntou ela, sem a mínima intenção de propor uma charada, mas movida por um efetivo interesse em ajudar aquela estranha criatura. — Esse muro é estreito demais!

— Cada pergunta fácil que você faz! Claro que não me sinto inseguro aqui. Se por azar eu caísse, coisa que não há a mínima possibilidade de ocorrer, mas se por cúmulo do azar eu viesse a cair — e nesse ponto ele franziu os lábios e fez uma cara tão solene e cheia de si, que Alice a custo conseguiu conter o riso, — estou certo de que o Rei, conforme a promessa que me fez... ah, essa fez você empalidecer, não foi? Não esperava por essa, certo? Pois é: a promessa que o Rei me fez, dirigindo-se a mim pessoalmente, de que... de que...

— ... de que iria mandar seus soldados para ajudá-lo — completou Alice, antecipando o que ele iria dizer.

— Isso aí não foi nada bom! — exclamou Osvaldo Oval, tomado de súbita irritação. — Você estava escutando atrás das portas! Escondida atrás das árvores! Dentro das chaminés! Somente agindo assim teria condição de conhecer o teor da promessa do Rei!

— Nada disso eu fiz — contestou Alice, em voz calma e educada. — Li isso num livro.

— Ah, está bem... Num livro, sim, é possível encontrar esse tipo de informação. É parte daquilo que se costuma chamar de *História Geral*. Agora, olhe detidamente para mim: sou um dos poucos que alguma vez já conversou pessoalmente com um rei. É possível que você jamais tenha encontrado outro do mesmo gênero, até hoje. Mas para mostrar que não sou orgulhoso, permito que me aperte a mão.

Dizendo isso, sorriu de uma orelha a outra e se inclinou para a frente (quase caindo do muro por causa disso), estendendo a mão para Alice, que o cumprimentou com receio, enquanto pensava: "Se ele abrir mais a boca, os cantos dela vão se encontrar na nuca! Nesse caso, não sei o que iria acontecer com sua cabeça. Pode até separar-se em duas partes..."

—Sim, todos os seus soldados, infantes e cavaleiros — prosseguiu Osvaldo Oval. — Eles me levantariam num minuto e logo eu estaria de novo reposto em meu lugar. Mas nossa conversa está caminhando depressa demais. Vamos voltar ao assunto de que nos ocupávamos antes.

— Nesse caso, vamos recomeçar a conversa, e é minha vez de escolher o assunto.

"Ele encara isso como se fosse um jogo", pensou Alice.

— Lá vai uma pergunta para você: quantos anos disse que tinha?

Alice fez um cálculo rápido e respondeu:

— Sete anos e seis meses.

— Errado! — exclamou Osvaldo Oval triunfantemente. — Você *não me disse* quantos anos tinha!

— Entendi que você estava querendo saber qual era a minha idade.

— Se eu quisesse saber, teria perguntado isso.

Sem querer começar outra discussão, ela preferiu não replicar, enquanto Osvaldo Oval dizia, com ar pensativo:

— Sete anos e seis meses, hein? Uma idade bem desconfortável... Se você me tivesse pedido um conselho, eu lhe teria dito: "pare nos sete anos". Agora é tarde.

— Eu jamais teria pedido um conselho sobre minha idade!

— Excesso de orgulho?

— Ora! — retrucou Alice, indignada. — A pessoa não pode paralisar o passar dos anos!

— A *pessoa*, não, porque é uma só. Mas *duas pessoas* podem. Com a ajuda do outro, você bem poderia ter parado nos sete anos.

— Que belo cinto você tem! — disse ela, mudando de assunto, cansada de falar sobre idade, e achando que era sua vez de escolher o tema. — Bem, não um cinto, mas sim uma gravata, perdoe-me pelo engano. Sim, uma bela gravata-borboleta!

As últimas palavras foram pronunciadas em voz mais baixa, pois Osvaldo Oval parecia ter ficado ofendido com a observação, levando-a a se arrepender de ter dito aquilo. "Se ao menos eu soubesse onde termina o pescoço e começa a cintura..."

Era evidente a raiva de Osvaldo Oval, embora ele se mantivesse calado por um ou dois minutos. Quando voltou a dizer alguma coisa, rosnou:

— É muito desagradável ver alguém que não sabe distinguir uma gravata de um cinto!

— Desculpe-me pela ignorância — disse ela em tom tão humilde que Osvaldo Oval voltou a se acalmar.

— É uma gravata, menina, e muito bonita, como você falou. Ganhei de presente do Rei Branco e da Rainha Branca. Que tal?

— É mesmo? — disse ela, satisfeita de ter finalmente encontrado um assunto agradável.

— É, sim! — confirmou Osvaldo Oval, cruzando as pernas e enlaçando os joelhos com as mãos. — Foi presente de desaniversário.

— Perdão?

— Não há o que perdoar.

— Estou querendo é que você me explique o que significa "presente de desaniversário".

— Um presente que se ganha quando não se faz aniversário, é lógico!

— Prefiro os presentes de aniversário — comentou Alice, depois de pensar durante algum tempo.

— Você não sabe o que está dizendo! — protestou Osvaldo Oval. — Quantos dias tem o ano?

— Trezentos e sessenta e cinco.

— E, desses, quantos são os dias de seu aniversário?

— Um.

— Subtraindo um de trezentos e sessenta e cinco, quanto dá?

— Trezentos e sessenta e quatro, é claro.

Osvaldo Oval fez cara de dúvida e disse:

— Prefiro ver isso sob a forma de uma conta.

Alice não pôde deixar de sorrir. Pegando sua agenda de bolso, abriu numa página em branco e escreveu:

$$\begin{array}{r} \underline{365} \\ \underline{-1} \\ 364 \end{array}$$

Osvaldo Oval examinou a conta atentamente, e por fim disse:

— Parece estar correto...

— Você está segurando a agenda de cabeça para baixo!

— E não é que estou mesmo? — disse ele alegremente, enquanto Alice corrigia a posição do papel. — Bem que me pareceu um tanto esquisita essa conta... Bem, como eu estava dizendo, o resultado parece estar correto, embora eu não disponha de tempo suficiente para uma conferência minuciosa. Por aqui se vê que você tem trezentos e sessenta e quatro dias por ano para ganhar presente de desaniversário...

— Com certeza...

— ... e apenas um para ganhar os presentes de aniversário. Como pode ver, é a glória!

— Não entendo o que você quer dizer com essa palavra "glória".

— Claro que não entende — concordou Osvaldo Oval, sorrindo com ar superior. — Vou explicar o que significa: quer dizer "é um argumento irrespondível".

— Mas "glória" não significa "argumento irrespondível" — objetou Alice.

— Quando uso uma palavra — replicou Osvaldo Oval, em tom de desdém, — o significado dela é aquele que quero que ela tenha — e não admito discussão.

— Isso é questão de saber se você pode atribuir o significado que quiser a uma palavra.

— Isso é uma questão de saber quem é que manda. E basta!

Aquilo deixou Alice tão desnorteada, que ela nada replicou. Depois de um minuto, Osvaldo Oval recomeçou a falar:

— As palavras são temperamentais; bem, pelo menos algumas delas; em particular, os verbos. Esses são os mais orgulhosos. Com os adjetivos, você pode fazer o que quiser, mas não com os verbos. Eu, porém, sei como lidar com eles. Impenetrabilidade: esse é o segredo.

— Poderia explicar-me, por obséquio que significa isso?

— Agora você está falando como uma criança sensata — comentou Osvaldo Oval, aparentando satisfação. — O significado de "impenetrabilidade" é o seguinte: nós já tratamos demais desse assunto; portanto, já está na hora de mencionar o que você pretende fazer a seguir, pois suponho não ser sua intenção permanecer aqui pelo resto de sua vida.

— É muito significado para uma palavra só — disse Alice em tom pensativo.

— Quando uma palavra tem de trabalhar tanto assim, sempre recebe hora-extra.

— Oh! — disse Alice, confusa demais para dizer qualquer outra coisa.

— Ih, você precisa ver como as palavras ficam me rodeando sábado à noite — prosseguiu Osvaldo Oval, balançando a cabeça gravemente, — à espera do pagamento de seus salários...

(Alice não se atreveu a perguntar quanto ele lhes pagava; por isso, eu também não posso revelar essa quantia para vocês.)

— Você parece entender um bocado do significado das palavras, meu caro. Seria possível explicar para mim como se deve interpretar a poesia intitulada "Bestialógico"?

— Vamos ouvi-la. Posso explicar todos os poemas que já foram compostos até hoje, além de muitos que ainda não o foram.

Essas palavras soaram como uma promessa, de maneira que Alice recitou para ele a primeira quadra:

Brilhava o dia, e uma fumaça
No céu girava sem parar;
Palhaços sérios espiavam
Loucos risonhos a cantar.

— Já temos o bastante para começar — interrompeu Osvaldo Oval. — São muitas expressões em sentido figurado, carecendo de explicação. "*Brilhava o dia*", por exemplo: significa que eram quatro da tarde, mais ou menos, horário em que se começa a cozinhar as coisas para o jantar.

— Está bem. Mas, se o dia brilhava, como poderia haver "*fumaça no céu*"?

— É que essa *fumaça* está aí em sentido figurado. Trata-se, na realidade, de uma ave de penas cinzentas, da cor da fumaça.

— Agora estou entendendo por que ela *girava* no céu, coisa que a fumaça verdadeira não costuma fazer — observou Alice, com ar pensativo. — Além de cinzenta, como é essa ave chamada fumaça?

— Seu aspecto é um misto de texugo, de lagarto e de saca-rolhas.

— Que ave mais esquisita!

— Se é! Ela costuma fazer seus ninhos sob os relógios de sol... ou dentro daqueles queijos de casca dura.

— E por que ela girava, ao invés de voar?

— Essa é a sua natureza: trata-se de uma ave giratória. Esse movimento permite-lhe fazer buracos, como se fosse uma pua.

— E quanto aos palhaços, será que entraram na poesia apenas para alegrá-la? — perguntou Alice, surpresa com sua própria ingenuidade.

— E quem disse que são *palhaços* propriamente ditos? Se fossem, não seriam sérios. Temos aqui um vocábulo híbrido, que começa com "*palha*" e acaba com "*aço*". A poesia, agora, está se referindo a um outro tipo de ave, um pássaro que lembra a aparência das "palhas de aço".

— Então, *vocábulo híbrido* é isso: uma palavra com duas naturezas, como uma sereia!

— Ou como os centauros. E há outro do mesmo gênero, pouco adiante: "*espiavam*", que é mistura de "*esperavam*" e "*piavam*". Os tais pássaros estavam fazendo essas duas coisas simultaneamente.

— Esperando e piando... Hmm, sim, muito interessante... E os *loucos*?

— Loucos apenas aparentemente; de fato, pessoas normais, porém rindo a mais não poder, gargalhando loucamente.

— Rindo de quê?

— Do aspecto dos "palhaços", aves de penas espetadas e mal dispostas no corpo, antes parecendo esfregões vivos.

— E o que essas pessoas não-loucas estariam "*a cantar*"?

— Canções, evidentemente, entremeadas aqui e ali de assovios. Diga-me, menina, onde foi que você aprendeu essa poesia de interpretação tão complicada?

— Li num livro. Não faz nem uma hora, escutei outra poesia, só que bem mais simples e de fácil interpretação. Quem a recitou para mim foi o... você conhece o Focinho-de-Outro?

— No que se refere a recitar poesias — comentou Osvaldo Oval, como se não tivesse escutado a pergunta, — posso fazê-lo tão bem como qualquer outro, ainda mais quando a necessidade o exige.

— Não é o caso, no momento — aparteou Alice, esperando impedi-lo de começar. Mas sua tentativa foi vã, pois ele prosseguiu, sem fazer caso das palavras da menina.

— O poema que vou declamar foi escrito exclusivamente para seu deleite.

Vendo que não lhe sobrava outro recurso senão escutá-lo, Alice balbuciou um "muito obrigada" quase melancólico, sentando-se no chão para escutar.

E Osvaldo Oval recitou:

No inverno, quando a neve cai,
Esta cantiga me distrai.

— É cantiga, mas eu não canto, só recito — acrescentou ele, como uma explicação.

— Estou vendo.

— Se você pode ver que não estou cantando, enxerga melhor que a maior parte das pessoas — comentou ele acidamente.

Alice preferiu não replicar.

Na primavera, o verde vem
Para alegrar você também.

— Fico muito agradecida.

No verão, são longos os dias,
E mesmo as manhãs não são frias.

No outono, folhas pelo chão,
E nada mais vocês verão.

— O último verso é confuso. Trata-se do *outono*, mas acaba falando em *verão*.

— Você devia parar com essas observações, que nada têm a ver com o assunto, e que, além do mais, me fazem perder o fio da meada.

Mandei aos peixes um recado:
"Quero comer um peixe assado".

O mensageiro foi ao mar
E não tardou a regressar.

Um peixe ousado respondeu
Dizendo: "Isso é problema seu!"

— Essa história está ficando meio esquisita! — comentou Alice.

— É só no inicio. Depois simplifica. Ouça:

Outro recado eu enviei:
"Problema meu? Será? Não sei..."

E eles disseram sem temor:
"Para quê tanto mau humor?"

Eu retruquei: "Disse e repito:
Comerei peixe, assado ou frito!"

Peguei um grande caldeirão
Adequado àquela função.

Sem arrependimento ou mágoa,
O caldeirão eu enchi de água.

Fiquei sabendo que os peixinhos
Estavam dormindo quietinhos.

Chamei então meu mensageiro
E lhe disse: "Ande bem ligeiro!"

Falei em voz bem alta: "Vá!
Quero que acorde os peixes já!"

Nesse instante, erguendo a voz ao máximo, Osvaldo Oval pôs-se a bradar repetidamente a ordem do último verso, enquanto Alice pensava, sobressaltada: "Por nada deste mundo eu queria ser esse mensageiro!"

A poesia prosseguiu:

Mas ele disse: "Meu amigo,
Por favor, não grite comigo!"

Era orgulhoso de dar dó!
Foi-se embora e deixou-me só...

Eu mesmo fui — não tinha escolha!
Levei comigo um saca-rolha.

Chegando vi a porta trancada.
Empurrei, bati, dei pancada...
Tudo o que tentei foi em vão.
Girei a maçaneta, então...

Seguiu-se uma longa pausa.

— É tudo? — perguntou Alice timidamente.

— É — respondeu Osvaldo Oval. — Até logo.

Terminou de repente, pensou Alice; porém, depois daquele verdadeiro convite para que ela se retirasse, achou que não seria educado permanecer ali por mais tempo. Assim, levantou-se, estendeu a mão e despediu-se, o mais afavelmente que pôde:

— Até a vista.

— Se a vir novamente — respondeu Osvaldo Oval com voz aborrecida, estendendo apenas a ponta dos dedos para a despedida, — duvido que a reconheça. Você é tão parecida com todo o mundo...

— Geralmente, o que marca a pessoa é seu semblante — respondeu Alice, em tom pensativo.

— É disso mesmo que me queixo — disse Osvaldo Oval. — Todo mundo tem semblante idêntico: dois olhos assim — e espetou o dedo no ar duas vezes, indicando o lugar dos olhos, — um nariz logo abaixo, e a boca ainda mais abaixo, horizontal.

Agora, se você tivesse, por exemplo, os dois olhos ao lado do nariz, um embaixo do outro, ou a boca em cima de tudo, aí, sim, já facilitaria o reconhecimento.

— Não ia ficar muito bonito — protestou Alice.

Osvaldo Oval apenas cerrou os olhos e comentou:

— Tente primeiro, para ver...

Alice ainda esperou durante um minuto, para ver se ele dizia mais alguma coisa, mas como Osvaldo Oval nem mesmo abriu os olhos, não lhe dando a menor atenção, ela repetiu seu "Até a vista" e, sem obter resposta, começou a caminhar calmamente. Contudo, não pôde evitar de resmungar baixinho, dizendo para si própria:

— De todas as pessoas intratáveis...

Apreciou aquela palavra e voltou a repeti-la em voz bem alta, satisfeita por saber usar um termo tão bonito:

— De todas as pessoas *intratáveis* com as quais já me deparei até hoje...

Não terminou a sentença, pois nesse exato instante, um estrondo pareceu abalar a floresta de ponta a ponta.

Capítulo 7

O Leão e o Unicórnio

No momento seguinte, soldados chegaram em disparada, depois de atravessar a floresta; primeiro, em duplas e trincas; depois, em grupos de dez e de vinte; por fim, em verdadeiros bandos, parecendo que enchiam todo o espaço entre as árvores. Alice escondeu-se atrás de uma delas, com medo de ser pisoteada, e ficou espiando aquela estranha tropa passar.

Em toda a sua vida, jamais havia visto soldados tão desequilibrados: não paravam de tropeçar e cambalear, caindo de vez em quando, e nesse caso levando de cambulhada muitos que vinham atrás, deixando o chão coberto de pequenas pilhas de homens.

Em seguida vieram os cavalos. Como eram quadrúpedes, equilibravam-se melhor que os bípedes humanos. Mesmo eles, porém, tropeçavam aqui e ali, sacudindo o cavaleiro que, como se fosse regra geral, vinha ao chão instantaneamente. A confusão aumentava a olhos vistos, e Alice ficou satisfeita ao conseguir escapar do bosque e ganhar uma clareira, onde encontrou o Rei Branco sentado no chão, escrevendo diligentemente numa caderneta de anotações.

— Despachei-os todos! — exclamou ele em tom satisfeito, logo que avistou a menina. — Por acaso encontrou soldados, enquanto vinha através da floresta?

— Sim, Majestade, e creio que eram milhares.

— Para ser exato, são quatro mil duzentos e sete — disse o Rei, conferindo sua caderneta. — Os cavalos não puderam vir todos, porque, como você sabe, dois deles têm de prestar serviço no tabuleiro. Por isso, deixei também dois mensageiros para trás. Na realidade, ordenei que fossem até a cidade. Examine a estrada e diga-me se pode avistar algum deles.

Pondo a mão em pala sobre a testa, Alice falou:

— Estou vendo... ninguém.

— Como eu gostaria de ter esses olhos! — comentou o Rei, demonstrando aborrecimento. — Olhos que são capazes de enxergar Ninguém! É demais! E, além disso, à distância! Mais dificuldade tenho eu de enxergar Alguém, juro por esta luz que me alumia!

Mas nada disso foi escutado por Alice, que continuava olhando atentamente para a estrada, sempre com a mão em pala sobre a testa. Por fim, ela exclamou:

— Agora, sim, estou vendo alguém! Mas caminha muito lentamente, gesticulando de maneira um tanto estranha!

De fato, lá vinha um mensageiro, saltitando e se contorcendo como uma enguia, com as mãos espalmadas para a frente, abanando-as como se fossem leques.

— Seus gestos nada têm de estranho — retrucou o Rei. — Ele é um Mensageiro Anglo-saxão; por isso, gesticula e se contorce à maneira anglo-saxônica. Só age assim quando está feliz. Seu nome é Fred-O.

(Pronunciou o nome de modo a rimar com "médio".)

Ouvindo aquilo, Alice começou a recitar as palavras daquela brincadeira infantil de repetir as iniciais, dizendo:

— Amo *Fred-O* porque tem *F. Fred-O* é *Feliz*. Só não gosto dele porque é *Feioso*. Quando sente *Fome*, dou-lhe duas *Fatias* de pão, e ponho dentro *Fiambre* e *Folhinhas* de... de *Feno*. Seu nome é *Fred-O* e ele mora...

— Mora na *Floresta* — completou o Rei, sem entender que estava dando prosseguimento à brincadeira. — Já o outro Mensageiro chama-se Fred-E. É preciso ter dois, não é? Um para ir, outro para voltar.

— Perdão?

— Não tenho coisa alguma a perdoar.

— Oh, não, não é isso! Quis apenas dizer que não compreendi a necessidade de ter dois mensageiros. Por que um para ir e outro para voltar?

— Não vê como é óbvio? — replicou o Rei com impaciência. — Claro que preciso de dois: um leva, outro traz.

Nesse instante acabou de chegar o Mensageiro. Estava quase sem fôlego, e por isso não conseguia articular as palavras, limitando-se a gesticular e fazer caretas para o Rei, tentando transmitir-lhe alguma mensagem terrível.

— Esta jovem aqui ama você com "F" — disse-lhe o Rei, apresentando Alice, na esperança de tranqüilizar o infeliz.

De nada valeu a intenção do Rei. Os gestos e trejeitos anglo-saxônicos ainda mais aumentaram, enquanto os olhos do Mensageiro começaram a mexer-se de um lado para o outro, com extrema rapidez.

— Você está me deixando assustado! — reclamou o Rei. — Estou ficando tonto! Deve ser fome. Dê-me um sanduíche de fiambre.

Ouvindo essa ordem, Fred-O, para satisfação de Alice, abriu o bornal que trazia pendurado ao pescoço, tirando de dentro dele um sanduíche e entregando-o ao Rei, que prontamente o devorou.

— Quero outro! — ordenou o Rei.

— Acabaram-se os sanduíches — disse o Mensageiro, olhando o interior do bornal. — Agora, só há feno.

— Então, que venha o feno — sussurrou o Rei, recebendo um punhado de feno e levando-o à boca imediatamente.

Para satisfação de Alice, aquele estranho alimento pareceu reanimá-lo.

— Nada como um bocado de feno, quando a gente está prestes a desmaiar — disse ele para Alice, enquanto mastigava as folhas secas.,

— Eu achava que atirar um balde de água fria na cara de quem está desmaiando faria mais efeito — comentou Alice. — Ou então dar-lhe sais para cheirar.

— Eu não disse que feno era a melhor coisa que havia — replicou o Rei, — mas sim que não havia nada *como* o feno.

Era verdade, e Alice preferiu não retrucar.

— Você cruzou com alguém na estrada? — perguntou o Rei, estendendo as mãos para que o Mensageiro lhe desse mais um bocado de feno.

— Com ninguém — respondeu Fred-O.

— Acredito. Esta senhorita aqui o avistou, antes de que você aparecesse na estrada. Vê-se que Ninguém deve andar bem devagar, mais lento do que você.

— Faço o que posso — respondeu o Mensageiro, em tom amuado. — Estou certo de que Ninguém caminha mais depressa do que eu.

— Isso não pode ser verdade — contestou o Rei, — pois, se o fosse, ele teria chegado primeiro. E já que você recuperou o fôlego, é hora de contar-nos o que aconteceu na cidade.

— Vou contar em segredo — disse o Mensageiro, juntando as mãos em forma de corneta e inclinando-se para murmurar alguma coisa ao ouvido do Rei.

Aquilo aborreceu Alice, que gostaria de tomar conhecimento das novidades. Todavia, ao invés de sussurrar, o que ele fez foi gritar, o mais alto que pôde, dizendo:

— Eles estão lá de novo!

— É isso que você chama de "contar em segredo"? — explodiu o Rei, dando um pulo e pondo-se a tremer. — Se repetir essa brincadeira de mau gosto, acabo com a sua raça! Seu grito atravessou minha cabeça, como se fosse um terremoto!

"Teria de ser um terremoto bem fraquinho", pensou Alice, perguntando em seguida:

— Quem são esses dois que estão lá de novo?

— Ora, o Leão e o Unicórnio, é lógico — respondeu o Rei.

— Disputando o poder! — completou Alice, lembrando-se da letra da cantiga infantil.

— Isso mesmo — concordou o Rei, — e o melhor da história é que eles disputam o poder que pertence a mim! Sim, os dois querem a minha coroa, brigando por causa dela o tempo todo! Vamos vê-los, depressa!

E os dois partiram correndo, enquanto Alice cantava para si própria a velha canção, que dizia:

O Leão e o Unicórnio disputavam o poder.
O Leão era mais forte e não tardou a vencer.
Pão branco e pão de centeio vieram lhes fornecer;
Deram-lhe bolo de ameixas e os puseram pra correr.

— Quem... vencer... a briga... fica... com o poder? — perguntou Alice com dificuldade, pois a corrida a estava deixando sem fôlego.

— Claro que não, querida! — respondeu o Rei. — Mas que idéia!

— Vossa Majestade... poderia... ser bonzinho... e parar... apenas um minuto... para que eu... recobre o fôlego?

— Bonzinho eu sou — respondeu o Rei, — mas não sou forte o bastante para "parar um minuto". É demais para mim! Como conseguiria fazer um minuto parar? Peça uma coisa mais fácil, como parar uma mula-sem-cabeça, mesmo que ela esteja em louca disparada.

Alice não conseguia mais falar, de modo que continuou correndo em silêncio, até que ambos avistaram uma grande multidão, cercando o Leão e o Unicórnio, que travavam terrível luta. A nuvem de poeira que levantavam era tão densa, que a princípio Alice nada entendeu do que acontecia ali dentro, até que distinguiu o Unicórnio, pelo chifre.

Engalfinhados, os brigões rolaram até perto de onde estava Fred-E, o outro mensageiro, que assistia à luta com uma xícara de chá numa das mãos e uma fatia de pão com manteiga na outra.

— Ele acaba de sair da prisão — segredou Fred-O para Alice — e não tinha terminado de tomar seu chá, quando foi preso. Na cadeia, só lhe deram conchas para comer. Por isso é que ele está sedento e esfomeado como o quê!

Caminhando até ele, Fred-O pôs o braço afetuosamente em torno do pescoço de Fred-E e lhe falou:

— Como vai, amigão?

Fred-E apenas fez um cumprimento com a cabeça, continuando a comer seu pão com manteiga.

— Gostou da temporada que passou na cadeia, amigão? — insistiu Fred-O.

O outro olhou para os lados e continuou sem nada dizer, mas dessa vez duas lágrimas lhe escorreram pelas faces.

— Fale, criatura! — gritou Fred-O com impaciência.

Mas Fred-E apenas sorveu um gole de chá e mastigou um pedaço de pão, sem nada dizer.

— Fale, praga! — ordenou o Rei, aos gritos. — Como está transcorrendo essa luta?

Fred-E fez um esforço desesperado para engolir um pedaço de pão que acabava de enfiar na boca, e por fim falou:

— Os dois estão se saindo muito bem. Cada um já foi atirado ao chão cerca de oitenta e sete vezes.

Sua voz saiu trêmula e engasgada.

— Então — intrometeu-se Alice — é de se supor que logo lhes tragam pão branco e pão de centeio, não é?

— Os pães já estão a caminho. Este pedaço que estou comendo foi cortado de um deles.

Nesse momento, os dois lutadores resolveram fazer um intervalo, sentando-se arfantes, enquanto o Rei avisava em voz alta:

— Dez minutos para descansar!

Imediatamente, Fred-O e Fred-E puseram-se a trabalhar ativamente, servindo bandejas cheias de fatias de pão branco e pão de centeio. Alice aceitou uma fatia, mas desistiu de comê-la, pois estava muito seca.

— Não creio que eles queiram prosseguir com a luta hoje — disse o Rei a Fred-E. — Assim, vá até lá e ordene aos tambores que rufem.

Fred-E saiu pulando como um gafanhoto. Por um ou dois minutos, Alice ficou parada, observando o que iria acontecer. Subitamente, seu rosto tornou-se radiante, e ela exclamou:

— Vejam! Vejam! Lá vem a Rainha Branca, correndo através do campo! Ela veio voando de lá da floresta distante. Céus! Como correm essas rainhas!

— Sem dúvida, ela deve estar sendo perseguida por algum inimigo — comentou o Rei, sem sequer se virar para ver o que estava ocorrendo. — Inimigo é o que não falta nessa floresta...

— E Vossa Majestade não pretende ir até lá a fim de ajudá-la? — perguntou Alice, estranhando a passividade do monarca.

— Seria absolutamente desnecessário — respondeu o Rei. — Ela corre depressa como um raio. Seria mais fácil alcançar a Mula-sem-cabeça, mesmo que ela estivesse em louca disparada. Mas já que você quer, vou anotar seu pedido, pois ela é uma boa criatura. Hmm... diga-me, menina — disse ele, abrindo sua caderneta de anotações, — o certo é "criatura", com i, ou "creatura", com *e*?

Nesse instante, passou por eles o Unicórnio, aparentando completa despreocupação, assoviando e de mãos nos bolsos. Ao passar pelo Rei, perguntou-lhe:

— E então, gostou de minha atuação nestes últimos minutos?

— É... sim... — respondeu o Rei, demonstrando algum nervosismo. — Mas acho que você não devia tê-lo atravessado com esse seu chifre.

— Não o machuquei — replicou o Unicórnio, voltando a caminhar despreocupadamente, até que seus olhos deram com Alice. No mesmo instante, ele deu meia volta e ficou por algum tempo a contemplar a menina, aparentando o mais profundo desdém. Por fim, apontando-a, perguntou:

— Que é... isso aí?

— É uma garota — respondeu prontamente Fred-O, pondo-se à frente de Alice para apresentá-la, e estendendo em sua direção as palmas das mãos, num gesto muito anglo-saxônico. — Só hoje foi que a encontramos. Seu tamanho é normal, e sua naturalidade duplamente normal.

— Sempre achei que garotas eram monstros fabulosos! — comentou o Unicórnio. — Ela está viva?

— E sabe falar! — afirmou Fred-O categoricamente.

O Unicórnio fitou Alice com ar de espanto e ordenou:

— Fale, garota.

Alice não pôde conter um sorriso, enquanto dizia:

— Pois é, meu caro, sempre pensei que os unicórnios não passassem de criaturas fantásticas, "monstros fabulosos", como você prefere dizer. Nunca tinha visto um antes, sabia?

— Bem, agora estamos quites: vi você e você me viu; se você acreditar em mim, também acreditarei em você. Topa?

— Como você quiser — respondeu Alice.

— Então vamos, meu velho — disse o Unicórnio, voltando-se para o Rei, — e trate de servir esse bolo de ameixas, que já estou farto de seu pão de centeio.

— Certo, certo — concordou o Rei, acenando para Fred-O e ordenando: — Abra o bornal! Vamos, rápido, mas não me vá abrir aquele que está cheio de feno, ouviu?

Fred-O tirou do bornal um bolo enorme, entregando-o a Alice, e novamente enfiou a mão no bornal, tirando de dentro um pratinho e uma faca. Como podia tudo aquilo caber num bornal era coisa que a menina não podia entender. Era como se fosse um ato de mágica, foi o que ela pensou.

Nesse ínterim, o Leão já se juntara ao grupo. Estava com aparência de cansado e sonolento. Seus olhos semicerrados acabaram enxergando Alice. Numa voz profunda, que lembrava as badaladas de um enorme sino, ele perguntou, depois de piscar lentamente:

— Que é isso aí?

— Tente adivinhar, vamos — desafiou o Unicórnio. — Duvido que consiga. Eu não consegui!

Com ar cansado, o Leão encarou Alice e perguntou:

— Você é animal (bocejo), vegetal (bocejo) ou mineral (bocejo longo)?

Antes que ela respondesse, o Unicórnio intrometeu-se:

— Ela é um monstro fabuloso!

— Então trate de servir esse bolo de ameixas, senhor Monstro — disse o Leão, deitando-se e apoiando a cabeçorra entre as patas. — E quanto a vocês dois — disse, dirigindo-se dessa vez ao Unicórnio e ao Rei, — tratem de sentar-se. Vamos manter a esportiva, enquanto o bolo é servido.

O Rei sentia-se visivelmente desconfortável, por ter de sentar-se entre aquelas criaturas enormes, mas não tinha como evitar de fazê-lo.

— Que luta poderíamos estar travando agora, disputando o poder — disse o Unicórnio, olhando de esguelha para a coroa que o pobre Rei quase deixava cair da cabeça, de tanto que tremia.

— E eu estaria vencendo tranqüilamente — disse o Leão.

— Não estou muito certo disso... — contestou o Unicórnio.

— Ora — retrucou o Leão, — posso pô-lo novamente a correr através de toda a cidade, seu medroso!

Dizendo isso, o Leão ameaçou levantar-se, mas o Rei ficou de pé primeiro, decidido a impedir a retomada do combate. Estava nervoso, e sua voz saiu trêmula, dizendo:

— Através de toda a cidade? É um longo percurso, se é! Você prefere seguir pelo caminho da ponte velha, ou pelo do mercado? Pela ponte velha, a vista é muito bonita.

grav258

— Não reparei nisso — grunhiu o Leão, deitando-se novamente. — Havia poeira demais, para que eu pudesse enxergar qualquer coisa. Mas que tempo leva esse Monstro para cortar um bolo!

Alice estava sentada à margem de um regato, com a travessa de bolo na mão, pelejando para cortar o bolo com a faca.

— Que coisa mais irritante! — exclamou, como que respondendo ao Leão, e já começando a se acostumar com o fato de ser tratada por Monstro. — Eu não paro de partir as fatias, mas elas acabam se juntando de novo!

— Você não sabe como proceder com bolos do lado de cá do espelho — observou o Unicórnio. — Sirva-nos primeiro, corte depois.

Aquilo não tinha a menor lógica, mas a menina obedeceu, levantando-se e oferecendo a travessa. Imediatamente, o bolo dividiu-se sozinho em três fatias.

— Agora corte-o — disse o Leão, enquanto ela voltava a sentar-se em seu lugar, com a travessa vazia nas mãos.

— Isso não está certo! Não, mesmo! — disse o Unicórnio, enquanto Alice contemplava a faca, sem saber como agir. — O pedaço que o Monstro deu ao Leão é duas vezes maior que o meu!

— Por outro lado — comentou o Leão, — ela não guardou nem um pedaço para si própria. Ei, Monstro, não quer provar do bolo?

Antes que ela respondesse, os tambores começaram a rufar. De que lugar provinha aquele som? Alice não conseguia localizar onde se achariam aqueles tambores, mas o fato é que o ar parecia todo tomado pelo barulho, e aquele rufar começou a penetrar em sua cabeça, deixando-a tonta e meio surda. Apavorada, ela se levantou e saltou o regato, caindo de joelhos na margem oposta. De lá, viu o Leão e o Unicórnio levantando-se com ar zangado, irritadíssimos por terem sido interrompidos antes de poderem devorar suas fatias de bolo. Sem saber como agir para fugir àquela terrível barulhada, Alice tapou os ouvidos, mas foi em vão.

— "E os puseram para correr" — murmurou ela, repetindo as últimas palavras da cantiga. — Se esses tambores não os fizerem fugir em disparada, nada o fará!

Capítulo 8

Fui Eu Que Inventei

Depois de algum tempo, o som começou a diminuir, diminuir, até desaparecer inteiramente, sendo sucedido por um profundo silêncio. Alice ergueu a cabeça, receando que ele recomeçasse. Ninguém estava à vista, e seu primeiro pensamento foi o de que tudo aquilo não devia ter passado de um sonho. O Leão, o Unicórnio e aqueles dois esquisitíssimos mensageiros seriam apenas frutos de sua imaginação. Junto a seus pés, porém, estava a travessa, na qual alguns farelos de bolo não deixavam dúvidas quanto à realidade do que acabara de acontecer. "É", pensou ela, "isso quer dizer que eu não estava sonhando, a não ser... a não ser que todos nós estivéssemos participando do mesmo sonho. Se assim for, espero que o sonho seja meu, e não do Rei Preto. Não gosto da idéia de pertencer ao sonho de outra pessoa.

Logo em seguida, ela murmurou para si própria, em tom lamentoso:

— Acho que vou acordá-lo, só para ver o que acontece.

Nesse instante, seus pensamentos foram interrompidos pelos gritos desferidos por um cavaleiro que vinha galopando em sua direção, vestindo uma armadura avermelhada e trazendo na mão uma pesada clava.

— Hei! Hei! Xeque! — gritava ele.

Tão logo chegou perto de Alice, seu cavalo estacou, fazendo-o desabar no chão. Dali mesmo, de pernas para o ar, ele vociferou:

— Não fuja! Você é minha prisioneira!

Espantada ante toda aquela cena desajeitada, Alice estava mais preocupada com a sorte do cavaleiro do que com a sua própria, e ficou a observá-lo de cenho franzido, enquanto ele voltava a montar no cavalo. De novo sentado confortavelmente na sela, o cavaleiro já havia começado a repetir "Você é minha pri...", quando se ouviu outra voz, igualmente gritando:

— Hei! Hei! Xeque!

Com alguma surpresa, Alice olhou para o novo inimigo. Dessa vez era um cavaleiro montado num Cavalo Branco, que também seguiu em direção a Alice, caindo ao chão tão logo o animal estacou, do mesmo modo que há pouco havia acontecido ao cavaleiro do Cavalo Preto. Depois que ambos se recobraram, os dois cavaleiros sentaram-se defronte um do outro, encarando-se firmemente, sem nada dizer. Atordoada, Alice olhava ora para um, ora para outro, esperando para ver o que iria acontecer.

— Ela é *minha* prisioneira, fique sabendo! — declarou o cavaleiro do Cavalo Preto.

— Não é — retrucou o outro; — era! Quando cheguei aqui, libertei-a de seu poder.

— Então, teremos de disputá-la em combate — disse o do Cavalo Preto, colocando o elmo (que até então pendia da sela, tendo o formato de uma cabeça de cavalo).

— Você, naturalmente, obedecerá as Regras do Combate, não é? — perguntou o do Cavalo Branco, enquanto punha seu elmo.

— Obedeço-as sempre — respondeu o cavaleiro do Cavalo Preto.

Logo em seguida, os dois começaram a trocar golpes de clava com tal fúria, que Alice preferiu esconder-se atrás de uma árvore antes que sobrasse para ela.

"Que Regras do Combate serão essas?", pensou ela, enquanto contemplava os dois combatentes, protegida pelo tronco da árvore. "Uma delas parece ser a de que, quando um cavaleiro acerta o outro, este terá de forçosamente cair do cavalo; já quando erra o golpe, ele é quem cai ao chão. Outra regra parece ser a de que ambos só se preocupem em bater, e não em se defender. Que barulho fazem ao cair do cavalo! Até parece o som de um conjunto de atiçadores de fogo caindo dentro da lareira! E como os cavalos são tranqüilos! Deixam-se levar para aqui e para ali, como se fossem mesinhas de festa!"

Outra regra, e essa Alice parece não ter notado, era a de que eles só podiam cair de ponta-cabeça no chão. O combate terminou quando ambos acertaram simultaneamente seus golpes, caindo lado a lado e ao mesmo tempo. Logo em seguida, levantaram-se, apertaram-se as mãos, e o cavaleiro do Cavalo Preto montou e foi-se embora a galope.

— Gloriosa vitória, não foi? — perguntou o do Cavalo Branco, com voz arquejante.

— Não sei — respondeu Alice, ainda sem entender as regras do estranho combate. — Só sei que não quero ser prisioneira de quem quer que for; quero ser é rainha!

— Você será rainha, sim, tão logo cruze o próximo regato — disse o cavaleiro. — Vou levar você sã e salva até a extremidade do bosque. Ali chegando, regressarei, pois terei encerrado meu movimento.

— Agradeço-lhe muitíssimo por essa cortesia. Posso ajudá-lo com esse elmo?

Ele concordou com um meneio de cabeça, e não poderia ser outra sua atitude, pois seria trabalho perdido tentar tirar o elmo sem auxílio de alguém.

— Agora posso respirar melhor — disse ele, depois que Alice sacudira o elmo até retirá-lo de sua cabeça.

Ajeitando o cabelo revolto com os dedos, ele voltou para a menina um rosto gentil, encarando-a com seus olhos suaves. Até então, ela jamais tinha visto um soldado de aparência tão estranha como a daquele cavaleiro. Sua armadura de latão parecia cair-lhe muito mal, e, além do mais, ele trazia um caixote pendendo dos ombros, virado de borco e sem tampa, que logo atraiu a curiosidade de Alice.

— Vejo que você está admirando meu caixotinho — comentou o cavaleiro em tom amistoso. — Fui eu que inventei essa maneira de guardar minhas roupas e meus sanduíches. Trago-o de cabeça para baixo, para que não caia chuva dentro dele.

— Em compensação, seus pertences já caíram todos por aí. Não viu que a tampa estava aberta?

— Não, não vi — respondeu ele, um tanto avexado — Ai, ai, ai, onde será que caíram? Sem meus pertences dentro, o caixote não tem a menor serventia...

Dizendo isso, soltou o caixote das correias que o prendiam, e já se preparava para jogá-lo fora, entre os arbustos, quando lhe ocorreu uma súbita idéia, e ele preferiu pendurá-lo cuidadosamente nos galhos de uma árvore, enquanto perguntava:

— Pode imaginar por que estou fazendo isto?

Alice fez que não com a cabeça.

— Espero que algumas abelhas queiram usá-lo como colméia. Desse modo, poderei recolher mel.

— Mas você já tem uma colméia, ou coisa parecida, pendurada em sua sela — redargüiu Alice.

— É verdade. Uma ótima colméia — concordou ele, embora em tom desapontado. — Uma colméia de primeira. Acontece que nem uma única abelhinha, umazinha só que fosse, entrou nela até agora. Outra coisa que trago é uma ratoeira. Acho que os ratos afugentam as abelhas, ou são elas que afugentam os ratos... não sei bem como é que é...

— Não vejo qual pode ser a utilidade de uma ratoeira presa numa sela. Não me parece razoável que um rato fique passeando sobre o dorso de um cavalo.

— Talvez não seja de fato razoável, mas, se acontecer de aparecer um ratinho, eu não gostaria de vê-lo passeando por aí à vontade.

Depois de uma pausa, o cavaleiro prosseguiu:

— Como você pode ver, é bom estar prevenido para qualquer coisa que aconteça. É por isso que protejo meu cavalo com tantas tornozeleiras.

— É verdade. Eu já havia notado. E para que servem?

— Para proteger o animal contra as mordidas de tubarões. Fui eu que inventei. Agora, trate de me ajudar, que vou acompanhá-la até a extremidade do bosque. E essa travessa aí, para que serve?

— Para pôr um bolo de ameixa em cima dela.

— Então, é bom levá-la conosco. Se encontrarmos um bolo de ameixa pelo caminho, já temos onde pô-lo. Ajude-me a enfiá-la neste saco.

Embora Alice mantivesse bem aberta a boca do saco, foi com grande dificuldade que o cavaleiro conseguiu guardar a travessa ali dentro, de tão desajeitado que ele era. Nas duas primeiras tentativas, ele é que acabou se enfiando dentro do saco, deixando a travessa do lado de fora. Finalmente, conseguiu enfiá-la, comentando:

— Viu? Foi a conta! É que o saco está cheio de castiçais.

Em seguida, pendurou o saco na sela, que já estava cheia de molhos de cenoura, atiçadores de fogo e mais uma porção de coisas.

— Você pretende manter seus cabelos bem penteados? — perguntou ele.

— Como de costume — respondeu Alice, sorrindo ante a estranha pergunta.

— Vai encontrar dificuldade — disse ele, aparentando nervosismo. — O vento aqui é muito forte. Mais forte que café forte.

— Garanto que você inventou um modo de manter o cabelo penteado.

— Ainda não. Por enquanto, só inventei um modo de impedi-lo de cair.

— Deve ser interessante! Como é?

— Primeiro — disse ele, com ar grave — pegue uma vareta bem reta. Depois, enrole nela seu cabelo, como se ele fosse uma trepadeira. Por que cai o cabelo? Porque ele fica pendendo para baixo. Se ficar voltado para cima, não poderá cair, correto? Nada cai para cima. Fui eu que inventei. Se gostou, faça bom proveito.

Não parecia muito confortável, pensou Alice, continuando a andar sem dizer palavra, enquanto ruminava aquela idéia. De tempos em tempos, via-se obrigada a parar, a fim de ajudar o desastrado cavaleiro a voltar à sela.

Com efeito, cada vez que o cavalo estacava (coisa que ele parecia ter um prazer especial em fazer), o cavaleiro caía para a frente, e cada vez que ele recomeçava a trotar (coisa que ele sempre fazia repentinamente), o cavaleiro caía para trás. Fora essas duas circunstâncias, ele até que cavalgava bem, a não ser nos momentos em que caía para os lados — e, invariavelmente, para o lado onde se achava Alice, que logo viu não ser prudente caminhar muito próximo do cavalo.

— Parece que você não tem muita prática de cavalgar — comentou ela, ajudando-o a se levantar de seu quinto tombo.

O cavaleiro ficou surpreso ante aquele comentário, assumindo um ar ofendido.

— Por que você está dizendo isso? — disse ele, já sentado na sela, segurando o cabelo de Alice para não cair do lado oposto.

— Porque as pessoas que têm prática de cavalgar não caem tanto quanto você cai.

— Pois saiba que tenho muita prática! Muita, mesmo!

Não ocorreu outro comentário a Alice senão "É mesmo?", que ela tentou dizer sem demonstrar ironia.

Prosseguiram para a frente em silêncio; ele, de olhos cerrados, resmungando baixinho; ela, atenta ao momento em que teria de mais uma vez ajudá-lo a se levantar.

— A nobre arte do hipismo — disse ele subitamente, em voz alta, dedo em riste, — consiste em manter...

A sentença foi interrompida tão subitamente como tinha sido iniciada, pois o cavaleiro acabava de cair de ponta-cabeça bem ao lado de Alice. Dessa vez, a queda parecia ter sido séria, e a menina voltou-se para ele com ansiedade, perguntando:

— Será que quebrou algum osso?

— Nenhum que mereça menção — respondeu ele tranqüilamente, como se pouco lhe importasse quebrar apenas um ou dois ossinhos. — Mas, como eu estava dizendo, a nobre arte do hipismo consiste em manter o equilíbrio, e bem mantido! Observe como é que faço.

E, para exibir sua destreza, soltou as rédeas e ergueu as mãos, deslizando logo em seguida pelas ancas do cavalo e vindo ao chão de ponta-cabeça. Enquanto Alice tentava ajudá-lo a se levantar, ele continuava a falar:

— Tenho muita prática! Muita, mesmo!

— Pare de falar asneira! — gritou Alice, perdendo de vez a paciência. — Você devia cavalgar era naqueles cavalos de pau com rodinhas nos pés!

— Não conheço! Será que trotam sem socar? — perguntou o cavaleiro, demonstrando extrema curiosidade, e abraçando-se ao pescoço do cavalo, para evitar mais uma queda.

— Cavalgam mais suavemente que qualquer outro cavalo que você conheça — disse Alice, dessa vez sem conter uma risadinha.

— Vou comprar um! Ou, quem sabe, dois ou mais...

Depois de nova pausa, voltou o cavaleiro a dizer:

— Sou danado para inventar coisas. Creio que você deve ter observado, da última vez que me ajudou a levantar, como eu estava com um ar meio pensativo.

— De fato, você estava com cara séria.

— É que, naquele exato instante, eu estava arquitetando um novo modo de transpor um portão. Quer saber como é?

— E como quero!

— Então vou contar-lhe o que me veio à mente. Pensei nesse assunto e disse para mim mesmo: a única dificuldade é passar os pés, porque a cabeça é alta o suficiente. Então imaginei o seguinte: a gente bota a cabeça acima do portão; em seguida, planta uma bananeira, e aí os pés ficam mais altos que a cabeça, e portanto mais altos que o portão; resta apenas transpor o portão, e estamos do lado de dentro, sem problemas.

— Realmente, parece que dá certo, mas deve ser um pouquinho difícil, não?

— Hmm... ainda não experimentei — disse o cavaleiro, com ar pensativo, — de maneira que não posso garantir que dê certo, mas acredito que exija algum trabalho...

A possibilidade de que seu plano não funcionasse deixou-o tão desapontado, que Alice preferiu mudar de assunto:

— Esse seu elmo é muito interessante! Foi você mesmo que o inventou?

O cavaleiro contemplou orgulhosamente o elmo que pendia da sela e disse:

— Sim, fui eu, mas já inventei um outro ainda melhor do que este aqui. Tem o formato de um cone comprido. Das vezes em que o usei, sempre que caí, cheguei ao chão mais rápido que com este elmo. É que a distância até o chão diminui, como você bem pode imaginar. O único problema era que eu podia cair dentro dele — isso aconteceu uma vez — e, antes que eu conseguisse sair, chegou o cavaleiro do Cavalo Branco, e o pôs na cabeça! Ele achou que aquele elmo era o dele...

O infeliz dizia aquilo com tanta seriedade, que Alice não se atreveu a rir. Apenas comentou, embora com voz entrecortada pela vontade de soltar uma risada:

— Será que ele não se machucou, quando sua cabeça se chocou com a dele?

— Eu não estava de cabeça para baixo. O que fiz foi aplicar-lhe um bom pontapé. Ele logo tirou o elmo, sem entender o que estava acontecendo. E eu saí de lá de dentro, mas levei algumas horas, mesmo sendo rápido como um relâmpago, conforme você já teve a oportunidade de ver.

— Sua rapidez é de uma espécie diferente das demais — comentou Alice.

— Ah, sim, eu tenho várias espécies de rapidez — concordou o cavaleiro, balançando a cabeça para a frente e para trás. — Isso eu posso garantir!

Ao erguer a mão para gesticular, perdeu o equilíbrio e veio ao chão, afundando de ponta-cabeça dentro de um buraco.

Alice acorreu para ajudá-lo, preocupada com seu estado, pois dessa vez a queda fora um pouco mais violenta que as outras. Todavia, embora ela apenas avistasse a sola de suas botas, logo notou que ele não tinha sofrido ferimentos sérios, pois escutou sua voz, saindo do fundo do buraco, dizendo:

— Sim, menina, várias espécies de rapidez! Infelizmente, ele acabou pondo na cabeça um elmo que tinha dentro dele um cavaleiro — eu. Foi um enorme descuido de sua parte.

— Como é que você pode continuar falando, como se nada houvesse acontecido, enfiado de ponta-cabeça aí nesse buraco? — perguntou Alice, esforçando-se para puxá-lo pelos pés.

Por fim, conseguiu tirá-lo dali, colocando-o sentado em cima de um montículo de terra. O cavaleiro olhou para ela, aparentando um resto de surpresa pela pergunta que ela acabara de lhe formular.

— Que me importa se estou de cabeça para baixo ou não, enfiado num buraco ou não? Minha mente continua funcionando do mesmo jeito. Na realidade, quanto mais de cabeça para baixo estou, mais coisas eu invento!

Depois de pequena pausa, ele prosseguiu:

— Minha invenção mais inteligente foi a receita de um novo tipo de pudim. Ela me ocorreu durante um almoço.

— Deu tempo de prepará-lo para o jantar? Daria, se fosse uma receita rápida.

— Para o jantar? Não, não daria tempo. Não para o próximo jantar.

— Então, quem sabe daria para fazer no dia seguinte? Se fosse gostoso, você poderia comer pudim depois do almoço e depois do jantar.

— Para o dia seguinte? Não, não daria tempo...

Sua voz foi ficando mais e mais baixa, e Alice quase não conseguiu compreender suas palavras seguintes:

— Na verdade, não acredito que esse pudim já tenha sido feito alguma vez, até hoje... Provavelmente, *jamais* será feito... Mas que seria um pudim excelente, ah, isso seria!

— Seria um pudim de quê? — perguntou Alice, tentando fazer com que o cavaleiro saísse de seu abatimento.

— De papel mata-borrão, para começar — respondeu ele, com um gemido.

— Receio que o sabor não fosse lá dos melhores...

— Não seria, se o pudim fosse apenas de papel mata-borrão. — interrompeu o cavaleiro. — Mas você não faz idéia de como essa substância fica saborosa, desde que misturada a outros ingredientes como pólvora e lacre! Mas basta, porque é hora de nos separarmos.

Tinham chegado à extremidade do bosque. Alice parecia não se ter dado conta desse fato, tão aturdida ficara com a receita do pudim.

— Você está tristonha — disse o cavaleiro, em tom ansioso. — Vou cantar-lhe uma canção para reconfortá-la.

— É muito comprida? — perguntou a menina, já farta de tanto escutar poesias durante aquele dia.

— Comprida, é — respondeu ele, — mas é muito, muito bonita. Todos que já me escutaram cantá-la, ou ficam com lágrimas nos olhos, ou...

— Ou o quê? — perguntou Alice, já que ele não havia completado a frase.

— ... ou não ficam! O nome da canção é "*Olhinhos de bacalhau*".

— Oh, sim? Que interessante! — comentou Alice, tentando demonstrar curiosidade.

— Não, você não entendeu — retrucou o cavaleiro, revelando ligeira irritação. — É por esse nome que a conhecem, mas o nome verdadeiro é outro: é "*O velho muito velho*".

— Ah, entendi agora. A canção tem um título, mas todos a conhecem por um apelido.

— Não foi isso que eu disse. Apelido é outra coisa. O apelido dessa canção é "*Meios e modos*".

— Está bem, está bem. Vamos à canção, então, qualquer que seja o seu nome.

— Já que serve qualquer um, podemos chamá-la de "*Sentado junto ao portão*". A letra e a música são de minha autoria.

Dizendo isso, parou o cavalo, soltou o arreio e começou a marcar o compasso com uma das mãos, enquanto um sorriso discreto aflorava em seus lábios, demonstrando a satisfação que lhe ocorria quando tinha a oportunidade de mostrar sua canção para alguém.

De todas as estranhas coisas que Alice presenciou em sua jornada do lado de dentro do espelho, foi esta que ela recordou mais nitidamente, mesmo muitos anos depois. Bastava pensar nela, e toda a cena reaparecia em sua mente, como se aquilo houvesse acontecido na véspera: o cavaleiro de olhos azuis claros, sorrindo gentilmente, enquanto o sol rebrilhava através de seus cabelos, refletindo-se em chispas no latão da armadura e quase cegando a menina, quando lhe dardejava nos olhos; o cavalo pastando tranqüilamente, rédeas pendentes do pescoço, tendo atrás de si as sombras escuras do bosque — tudo isso ela arquivou em sua mente, como se fosse um quadro. Naquele momento, Alice apoiou-se no tronco de uma árvore, pondo sobre os olhos a mão em pala, para poder melhor observar a estranha dupla, e escutar, como num meio sonho, a canção lenta e melancólica. Logo às primeiras notas, ela estranhou alguma coisa, mas preferiu nada dizer, limitando-se a pensar: "Desde quando essa música é de autoria dele? Conheço-a muito bem: *é Dei-lhe tudo o que eu podia dar...*"

Mesmo assim, prestou atenção à letra, sem que lágrima alguma lhe aflorasse aos olhos:

Vou contar-lhes o que sei.
Será curta a narração.
Um velhinho eu encontrei
Sentado junto a um portão.
"Quem és tu?", eu perguntei,
"E vives de que maneira?"
Sua resposta eu guardei
Como água em uma peneira.

Eis o que ele respondeu:
"Borboletas eu procuro,
Com um jeito todo meu,
Por entre o trigal maduro.
Com elas, faço uma torta

E a divido em dez quadrados,
Que vendo de porta em porta
Para ganhar uns trocados.

Perguntei se ele queria
Acaso experimentar
Uma tinta que tingia
As barbas de verde-mar;
Se não gostasse do tom,
Ele poderia usar
Um leque: seria bom
Para as barbas ocultar.

Ele recusou, sorrindo,
Já que barbas não possuía.
"Uso bigode, e ele é lindo,
Pois rebrilha à luz do dia;
Se acaso eu quiser tingi-lo,
De verde-mar não será;
Talvez seja verde-grilo,
Pois cor mais bela não há."

"Deixa de papo furado!",
Eu lhe disse, sem rodeios;
"Tu és bem alimentado?
Como fazes? Quais os meios?
Não há de ser procurando
Borboletas nos trigais!
Anda, velho, vai contando,
Ou não falarás jamais!"

Respondeu: "Eu também caço
Olhinhos de bacalhau,
Porque com eles faço
Botões e lentes de grau.
Depois de prontos, eu vendo
A quem os queira comprar;
Cobro barato, sabendo
Que bem pouco irei lucrar."

"Às vezes, cavo bolinhos,
Ou vou colher caranguejos;
Limpo os galhos de seus ninhos,
Vendo sonhos e desejos...
Foram os modos que achei"
(Piscou) "de ganhar meu pão.
Muito alegre eu beberei
Ao teu nobre coração".

Enquanto ele revelava
Tão importantes segredos,
Um plano eu imaginava
De eliminar os seus medos:
Bastava secar as fontes,
Apagar a luz do dia
E limpar todas as pontes
Da ferrugem que as cobria.

E se porventura eu sento
Em cima do cola-tudo,
E um cão feroz eu enfrento,
Sem ter espada ou escudo,
Eu choro por me lembrar

Do velho que fui achar
Em tão distante lugar,
Com suavidade no olhar,
Jeito manso de falar,
Cara de lobo-do-mar
Cheio de mágoa e pesar.
Seus olhos, como um tição,
Rebrilhando de emoção,
Provocavam sensação
De uma cálida paixão.
Como vou esquecer a visão,
Numa noite de verão,
Quando avistei o ancião
Sentado junto a um portão?

Depois de cantar as últimas palavras da balada, ele recolheu as rédeas e puxou a cabeça do animal, dirigindo-o para a estrada, em sentido contrário ao que até então tinha seguido.

— Basta seguir em frente — disse, — descer a colina, atravessar o regato, e então você será uma Rainha. Mas antes disso, se não for incômodo, poderia ficar até me ver desaparecer ao longe?

Apontou para o lugar onde seria visto pela última vez. Alice olhou para lá, imaginando o quanto ainda teria de esperar. Ele então prosseguiu, dizendo:

— Não vai demorar. Fique aqui esperando e acene seu lenço quando eu alcançar aquela curva. Isso haverá de me dar coragem!

— Claro que farei isso que você me pede. Agradeço-lhe muito pela companhia e pela cantiga. Gostei demais!

— Pode ser que tenha gostado... Só que não chorou, como achei que iria fazer...

Depois de um aperto de mãos, o cavaleiro iniciou vagarosamente seu caminho de volta. "Não demora a levar um tombo!", pensou Alice. Não demorou, e pimba! "Olha lá... não falei? E de ponta-cabeça, como de hábito! Ah, mas desta vez ele se levantou bem depressa! Também com tanta coisa pendurada na sela, deu para segurar numa e noutra e erguer o corpo..."

E ali ficou ela, conversando consigo própria e observando o cavalo, que trotava orgulhoso pela estrada afora, parando apenas nos momentos em que o cavaleiro levava um de seus seguidos tombos. Depois de cair quatro ou cinco vezes, ele finalmente alcançou a curva da estrada. Conforme o combinado, Alice ficou acenando com seu lenço, até que ele desapareceu.

"Espero tê-lo encorajado", pensou ela, voltando-se para descer a colina. "Agora, vamos lá. Basta saltar um regato, e por fim serei uma Rainha! Isso até soa com pompa!"

Uns poucos passos à frente, e ei-la diante do regato.

— Enfim, a Oitava Casa! — exclamou Alice, saltando o regato...

... e caindo deitada na relva da margem oposta, que era suave como um musgo. Aqui e ali, tufos de flores matizavam o verde de lindas cores. "Oh, como estou feliz por ter chegado aqui! Mas... que é isso em minha cabeça?", assustou-se a menina, apalpando algo sólido e pesado que lhe apertava as têmporas. "Como pode isso ter aparecido em cima de minha cabeça, sem que eu sequer notasse?", pensou, arrancando o objeto e colocando-o em seu regaço, a fim de ver do que se tratava.

Era uma coroa de ouro.

Capítulo 9

A Rainha Alice

— Mas isso é fantástico! — exclamou Alice. — Nunca imaginei tornar-me uma Rainha tão cedo!

Como gostava de passar sabão em si própria, mudou de voz, fazendo-a soar mais solene, e continuou:

— Vou falar-lhe, Majestade, sobre as inconveniências de ser Rainha. Uma delas é que não fica bem espojar-se na grama, assim como Vossa Majestade está fazendo agora. Rainhas têm de ser muito recatadas, fique sabendo.

Dito isso, levantou-se e passou a caminhar toda empertigada, com receio de que a coroa caísse. Confortava-a pensar que ninguém a estava vendo. "Se eu for de fato uma Rainha", pensou, sentando-se novamente no chão, "aprenderei rapidamente a equilibrar esta coroa."

Tudo estava acontecendo de maneira tão estranha, que ela não sentiu a menor surpresa ao encontrar a Rainha Preta e a Rainha Branca sentadas junto dela, uma de cada lado. Bem que ela quis perguntar-lhes como tinham feito para chegar até ali, mas receou que não seria de bom tom fazer aquilo. Todavia, pensou, não deveria haver ofensa em apenas perguntar se a partida já havia terminado. Assim, com voz tímida, voltou-se para a Rainha Preta e disse:

— Eu queria pedir o obséquio de...

— Fale apenas quando lhe dirigirem a palavra! — interrompeu a Rainha abruptamente.

— Se essa regra for obedecida por todos — replicou Alice, sempre disposta a travar uma pequena discussão, — ninguém poderá falar, pois a pessoa sempre estará à espera de que a outra lhe dirija a palavra primeiro.

— Ridículo! — gritou a Rainha. — Ora, menina, então você não vê...

Sem mais nem menos, a Rainha Preta parou de falar, ficou pensativa durante um minuto, e subitamente mudou de assunto, dizendo:

— Quando você pensou em voz alta: "Se eu for de fato uma Rainha", que quis dizer com isso? Que direito tem de se proclamar Rainha? Para ter direito a esse título, como você sabe, é preciso passar por um exame. Vamos a ele, pois, quanto mais rapidamente começarmos, mais depressa terminaremos.

— Mas eu apenas disse "Se eu for", e não "Eu já sou"— protestou Alice, em tom queixoso.

As duas Rainhas se entreolharam, e então a Rainha Preta, aparentando um ligeiro sobressalto, observou:

— Ela disse que ela apenas disse que se ela fosse!

— Mas ela não disse apenas isso — retrucou a Rainha Branca, torcendo as mãos. — Ela disse muito mais do que apenas isso.

— Isso que ela disse é verdade — observou a Rainha Preta, voltando-se para Alice. — Diga sempre a verdade; por isso, pense antes de falar, e depois anote o que falou.

— Estou certa de que eu não quis dizer o que dizem que eu disse...

Antes de terminar a frase, a Rainha Preta interrompeu-a impacientemente:

— É disso mesmo que estou reclamando! Você devia ter querido dizer o que disse! De que serve uma menina que diz o que não quer dizer? Se for assim, ficará sempre o dito pelo não dito, como se fosse uma piada qualquer, que acabe com um dito que bem poderia não ser dito. E uma menina, creio eu, é mais importante que uma piada. Isso você não poderá negar, mesmo que o tente com ambas as mãos.

— Mas eu não nego com as mãos — protestou Alice.

— Eu não disse que você faz isso — replicou a Rainha Preta. — Eu disse que você não poderia fazer isso, mesmo tentando.

— Ela está naquele estado de espírito negativo — disse a Rainha Branca, — das pessoas que têm necessidade de negar, mesmo sem saber o que estão negando!

— Tem uma índole viciosa e detestável — arrematou a Rainha Preta.

Seguiu-se um silêncio constrangedor, que durou um ou dois minutos, em seguida quebrado pela Rainha Branca, que se dirigiu à Rainha Preta, dizendo:

— Convido-a para o banquete que será realizado hoje à tarde, em homenagem a Alice.

A Rainha Branca sorriu discretamente e disse:

— E eu faço-lhe o mesmo convite.

— Não sabia que seria realizada uma festa para mim — comentou Alice. — Já que será assim, acho que quem deveria fazer os convites seria eu, não é?

— Você terá essa oportunidade — disse a Rainha Preta, — mas tenho a impressão de que ainda não recebeu muitas aulas de boas maneiras.

— Boas maneiras não são aprendidas em aulas — replicou Alice. — Nas aulas, aprendemos a fazer contas, e outras coisas semelhantes.

— Sabe somar? — perguntou a Rainha Branca. — Então diga-me; qual é o resultado de um-mais-um-mais-um-mais-um-mais-um-mais-um-mais-um-mais-um-mais-um-mais-um?

— Ah, não sei... perdi a conta!

— Ela não sabe Adição — disse a Rainha Preta. — Vejamos Subtração: Quem de oito tira nove, quanto fica?

— Tirar nove de oito não dá — respondeu Alice, mas se a pessoa disser...

— Também não sabe Subtração — disse a Rainha Branca. — Sabe Divisão? Quanto dá um pão divido por uma faca?

— Bem, eu imagino que...

— Dá uma fatia, naturalmente — intrometeu-se a Rainha Preta, — e, provavelmente, com manteiga no resultado final. Vou dar uma outra oportunidade de fazer uma subtração: tirando um osso da boca de um cão, o que sobra?

— Bem — disse Alice, tentando raciocinar, — o que sobra, pelo menos para mim, já que fui eu quem tirou o osso, deve ser uma boa mordida...

— Só isso que sobra? — perguntou a Rainha Preta.

— Acho que uma mordida é o bastante...

— Resposta errada, como sempre — disse a Rainha Preta. — Sobra a sua burrice.

— Como assim? — perguntou Alice, ofendida.

— Quem tira o osso da boca de um cachorro tem burrice de sobra — é ou não é?

— Acontece que eu não tirei osso algum da boca de um cachorro! Nossa conversa não passa de um absurdo!

— Ela não sabe fazer contas! — exclamaram as duas Rainhas ao mesmo tempo, em tom triunfante.

— E você sabe? — voltou-se Alice para a Rainha Branca, começando a ficar aborrecida com as críticas que não parava de receber.

A Rainha bocejou, olhou para cima e disse com displicência:

— Sei somar, desde que você me dê tempo de fazer a conta. Mas subtrair, não. Não subtraio em hipótese alguma!

— Naturalmente você conhece o alfabeto — disse a Rainha Preta, dirigindo-se a Alice.

— Não tenha dúvida — respondeu a menina.

— Eu também sei! — exclamou a Rainha Branca. — Qualquer dia destes, vamos recitá-lo em conjunto, queridinha. A propósito, vou contar-lhe um segredo: eu sei ler palavras compostas de uma letra só! Não é fantástico? Não precisa sentir-se humilhada; com o tempo, você também aprenderá!

Voltou à carga a Rainha Preta, perguntando:

— Vamos ver se você entende de Economia Doméstica: como se faz pão?

— Isso eu sei! — exclamou Alice. — Toma-se farinha de trigo...

— Toma-se de quem? — interrompeu a Rainha Branca.

— É modo de dizer. Pega-se a farinha de trigo...

— Onde fica o trigal? — perguntou a Rainha Branca.

— Não! Não se colhe o trigo! Você já compra a farinha pronta!

— Eu não compro! Não sou eu quem vai fazer o pão! Compre você, ora... — protestou a Rainha Branca.

— Coitada, está com a cabeça quente de tanto pensar! — disse a Rainha Preta. — Vamos abaná-la com um leque.

Na falta de um leque, as duas Rainhas abanaram Alice com ramos de folhas, fazendo tanto vento, que seu penteado até desmanchou.

— Ela está voltando a si — disse a Rainha Preta. — Voltou. Sabe Línguas? Então diga-me: como se diz em francês "firinfinfim"?

— "Firinfinfim" é um som, não é uma palavra! — replicou Alice.

— Não foi isso que eu perguntei — retrucou a Rainha Preta.

— Se me disser qual é a palavra de nossa língua que corresponde a "firinfinfim", direi como é que se diz isso em francês — rebateu Alice, triunfante.

Mas a Rainha Preta, erguendo-se empertigada, desfechou:

— Que negócio é esse de "se me disser"? Rainhas não gostam de imposições!

"Mas gostam de fazer perguntas cretinas", pensou Alice.

— Nada de discussões! — ponderou a Rainha Branca. — Os relâmpagos são produzidos por quê?

— Os relâmpagos são produzidos pelos trovões! — respondeu Alice prontamente, arrependendo-se em seguida do que dissera e tentando corrigir-se: — Oh, não! Enganei-me! É o contrário disso!

— Tarde demais para corrigir-se — disse a Rainha Preta. — Palavra de rei não volta atrás; de rainha, então, aí é que não volta mesmo! Falou, está falado: agüente as conseqüências.

— Isso me faz lembrar de uma coisa — disse a Rainha Branca nervosamente, torcendo as mãos sem parar: — que tempestade tivemos recentemente, não foi? Caiu naquela semana de terças-feiras.

— Como? — estranhou Alice. — Que semana é essa? Em minha terra, cada semana só tem uma terça-feira!

— Isso é que é pobreza! — comentou a Rainha Preta. — Aqui não é assim. Os dias repetem-se duas ou três vezes por semana, e não temos essa monotonia de dia e noite, dia e noite: às vezes, seguem-se dois ou três dias, duas ou três noites. No inverno, costuma acontecer de se sucederem cinco noites seguidinhas! É para esquentar o tempo.

— Se uma noite já não esquenta — replicou Alice, — cinco é que não poderão esquentar!

— Cinco noites seguidas são cinco vezes mais quentes que uma noite só! — retrucou a Rainha Preta.

— Por que não cinco vezes mais frias?

— É isso aí! — exclamou a Rainha Preta. — Cinco vezes mais frias e cinco vezes mais quentes, assim como eu sou cinco vezes mais rica do que você, ao mesmo tempo em que sou cinco vezes mais inteligente.

Alice suspirou e desistiu de prosseguir com aquela discussão sem sentido. "Exatamente como uma charada que não tem resposta", pensou.

— Osvaldo Oval também viu — murmurou a Rainha Branca, como se estivesse falando sozinha. — Ele foi até a porta, levando um saca-rolhas na mão, e...

— Que é que ele queria? — perguntou a Rainha Preta.

— Disse que queria entrar, e que estava procurando um hipopótamo. Naquela manhã, porém, não havia sequer um deles na casa...

— E costuma haver? — perguntou Alice, espantadíssima.

— Apenas às quintas-feiras.

— Sei por que razão Osvaldo Oval foi até lá. Ele queria castigar os peixes, porque...

— Foi um tempestade tão forte — disse a Rainha Branca, mudando de assunto bruscamente, — que você nem pode imaginar!

— Ela não pode imaginar nem mesmo como seria uma tempestade fraquinha — comentou a Rainha Preta.

— Parte do teto desabou, deixando entrar na casa uma porção de trovões, que começaram a rolar pelo chão, embolando-se uns nos outros, trombando em mesas e móveis, uma coisa horrorosa! Fiquei tão assustada, que não pude me lembrar de qual era meu próprio nome!

"Eu jamais tentaria lembrar meu nome numa hora dessas!", pensou Alice. "Para quê?" — mas preferiu nada dizer, pois não queria ferir os sentimentos da pobre Rainha.

— Queira Sua Majestade desculpá-la — disse a Rainha Preta a Alice, enquanto segurava e afagava uma das mãos da Rainha Branca. — Ela até que regula bem, mas não consegue refrear a vontade de dizer umas asneiras de vez em quando.

A Rainha Branca olhou timidamente para Alice, que se sentiu na obrigação de dizer alguma coisa naquele momento, mas como, se nada lhe ocorreu?

— De fato, ela não chegou a receber uma educação refinada — prosseguiu a Rainha Preta, — mas possui um temperamento espantosamente afável e gentil. Dê-lhe uns tapinhas na cabeça, e verá como ela fica satisfeita!

Alice não se atreveu a fazer o que a outra lhe sugeria.

— Trate-a com um pouco de cortesia, enrole papelotes em seu cabelo e conseguirá maravilhas como ela.

Nesse momento, a Rainha Branca suspirou fundo e apoiou a cabeça no ombro de Alice, dizendo num gemido:

— Oh, como estou com sono!

— Coitadinha dela! Está cansadíssima! — disse a Rainha Preta. Faça-lhe um carinho na cabeça, empreste-lhe sua touca e cante-lhe uma canção de ninar bem repousante, vamos!

— Não estou com minha touca — disse Alice, alisando a cabeça da Rainha Branca, — e não sei cantar canções de ninar.

— O jeito é cantar eu mesma — suspirou a Rainha Preta, começando logo em seguida:

Dorme, Rainha, no colo de Alice;
Seria muito bom se ela dormisse;
Na hora em que o banquete for servido,
Só poderá comer quem tiver dormido.

— E agora que você já sabe a letra da canção — acrescentou a Rainha, apoiando a cabeça no ombro de Alice, — cante-a para mim. Também estou morrendo de sono.

Não demorou, e ambas as Rainhas dormiam a sono solto, emitindo altos roncos.

— E eu, como é que fico? — perguntou-se Alice, olhando para os lados com perplexidade, enquanto as duas cabeças reais, uma de cada vez, rolavam sobre seus ombros, caindo pesadamente em seu regaço. — Não creio que jamais tenha acontecido algo igual: alguém ter de cuidar de duas rainhas sonolentas, ao mesmo tempo! Pelo menos, não aqui na Inglaterra, já que só pode existir uma rainha de cada vez. Nossa História jamais registrou a existência de duas simultâneas. Vamos lá, suas pesadonas, tratem de acordar!

Não houve resposta, a não ser os roncos das duas Rainhas, soando como uma música a duas vozes. Por fim, Alice começou a divertir-se, inventando uma letra para aquela música, e tão distraída ficou com esse passatempo, que nem notou quando as duas cabeças desapareceram, como se tivessem evaporado.

Súbito, a menina viu-se diante de um portal em arco, encimado pelas palavras "RAINHA ALICE" em letras garrafais. De cada lado do portal havia uma campainha e uma tabuleta. Numa estava escrito "*Campainha dos Visitantes*"; na outra, "*Campainha dos Empregados*".

"Vou tocar a campainha", pensou Alice, mas logo foi assaltada por uma dúvida: "Qual delas devo tocar? Visitante, não sou; empregada, também não... Deveria haver uma campainha exclusiva para as rainhas..."

Neste momento, o portal se entreabriu. Uma criatura dotada de bico comprido pôs a cabeça para fora e disse:

— Proibida a entrada até a semana seguinte à próxima.

Sem mais, bateu o portal, sem dar tempo a Alice de perguntar qualquer coisa. A menina bateu na porta e tocou as campainhas, mas em vão. Por fim, uma velha Rã,

que a tudo assistia sentada à sombra de uma árvore, levantou-se e veio mancando em sua direção. Calçava botas enormes e estava vestida com uma roupa amarela brilhante.

— Que é que você deseja? — perguntou a Rã, numa voz rouca e sussurrante.

— Onde está a empregada encarregada de atender à porta? — perguntou ela de cenho franzido.

— Que porta? — perguntou a Rã, com uma voz arrastada, que mais aumentou a irritação de Alice.

— Ora... esta aqui, é claro!

A Rã ficou olhando para a porta durante um minuto, com olhos esbugalhados e ar idiota. Por fim, aproximando-se mais, passou o dedo na porta, como se estivesse querendo ver se a tinta sairia ou não. Então, voltando-se para Alice, perguntou:

— Que história é essa de atender a porta? Por acaso esta porta pediu alguma coisa?

— Não estou entendendo essa sua dúvida.

— Não entendeu as palavras, ou é surda? Quero saber o que foi que a porta lhe pediu!

— Não me pediu coisa alguma, ora! Estou batendo nela, isso sim.

— Pois não devia fazer isso... Não, não devia. Pode machucar a pobrezinha. Doerá menos se lhe der um chute — e a Rã aplicou um pontapé na porta. — Viu? É assim que se faz. Deixe-a em paz, que ela também haverá de deixá-la em paz.

Dito isso, voltou mancando para debaixo da árvore. Nesse momento, o portal escancarou-se, e de dentro se ouviu uma voz estridente, cantando:

Aos de dentro do espelho dirigiu-se Alice.
Mostrou-lhes a coroa, o cetro, e depois disse:
— Nós, as três rainhas que juntas aqui estamos,
Para um banquete, a todos vocês convidamos.

Um coro de centenas de vozes então prosseguiu:

Vamos beber e comer! Abaixo a tristeza!
Esvaziem seus copos e limpem a mesa!
Encham de gatos e ratos os caldeirões
E ergam à Rainha trinta e três saudações!

Seguiu-se uma zoeira muito confusa, enquanto Alice dizia para si própria: "Trinta e três saudações... é muita coisa. Será que alguém irá contar uma por uma?" Nesse meio tempo, fez-se silêncio de novo, e a mesma voz estridente foi ouvida, cantando:

Criaturas do espelho, acerquem-se de mim!
Enxergar-me de perto é um deleite sem fim!
Que dizer de almoçar conosco e tomar chá?
Privilégio maior, certamente não há!

E o coro voltava a cantar:

Portanto, encham seus copos com melado e tinta,
E não bebam um só, mas quinze, vinte, trinta!
Misturem substâncias saudáveis e nocivas,
E ergam à Rainha Alice oitocentos vivas!

"Oitocentos vivas! Que exagero!", pensou Alice. "Não vai acabar nunca! Acho melhor ir até lá."

E lá se foi ela, provocando um silêncio de morte na hora em que apareceu diante dos convidados. Enquanto atravessava o salão, Alice examinou nervosamente a mesa e calculou em mais ou menos cinqüenta o número de convidados. Eram de todo tipo: havia animais quadrúpedes, aves e até mesmo algumas flores. "Ainda bem que não tive de providenciar os convites", pensou ela, "pois não teria a menor idéia de quem deveria chamar".

Havia três cadeiras diante da cabeceira da mesa. Duas delas já estavam ocupadas, com a Rainha Branca e a Rainha Preta, mas a cadeira do meio estava vazia. Foi nela que Alice se sentou, um tanto constrangida com o silêncio e ansiosa para que alguém tomasse a palavra. Quem o fez foi a Rainha Preta, que lhe disse em voz baixa:

— Você perdeu a sopa e o peixe.

Em seguida, voltando-se para trás, ordenou:

— Tragam o pernil!

Um dos garçons trouxe um enorme pernil e o colocou diante de Alice, que se sentiu embaraçada, sem saber como faria para trinchá-lo. De novo foi a Rainha Preta quem falou:

— Você me parece pouco à vontade, mas deixe estar: vou apresentar-lhe esse pernil. Alice, este aqui é o Pernil; Pernil, esta aqui é Alice.

O pernil levantou-se e se inclinou, num cumprimento. Alice retribuiu, sem saber se era o caso de ficar assustada ou achar graça. Então, tomando de um garfo e de uma faca, voltou-se para a Rainha Preta e disse:

— Aceita um pedaço de pernil?

— Claro que não! — exclamou a outra. — Não é de bom tom cortar um pernil ao qual você foi apresentada! Garçom; leve embora esse prato!

Os garçons acorreram pressurosos, levando para dentro o pernil e deixando em seu lugar um enorme pudim de ameixas.

— Faça o favor de não me apresentar a esse pudim! — disse Alice prontamente. — Não quero ficar sem comer alguma coisa. Aceita um pedaço?

Mas a Rainha Preta fez que não ouviu, dizendo com voz irritada:

— Esta aqui é Alice, este aqui é o Pudim. Garçom: leve embora!

Dessa vez tudo aconteceu tão rapidamente, que Alice nem teve tempo de retribuir o cumprimento que o pudim lhe dirigiu. Mas por que seria permitido à Rainha Preta dar ordens, como se a festa fosse dela? Para experimentar o que iria acontecer, dessa vez foi ela quem ergueu a voz, ordenando:

— Garçom! Traga de volta o pudim!

Sem ver como, o pudim apareceu a sua frente, como num passe de mágica. Era tão grande, que a menina chegou a se assustar com seu tamanho, mas logo recobrou o controle e cortou uma fatia, oferecendo-a à Rainha Preta.

— Mas que impertinência! — protestou o Pudim. — Como é que você iria sentir-se, se eu cortasse uma fatia sua e a oferecesse a alguém?

Sua voz era fofa e melosa, e Alice ficou sem saber como replicar, achando melhor sentar-se e ficar olhando para o pudim, boquiaberta.

— Responda alguma coisa! — ordenou a Rainha Preta. — É ridículo deixar que um mero pudim fique com a última palavra.

— Sabe de uma coisa? — disse ela para a Rainha Preta, enquanto todos os convidados se calavam e ficavam olhando para ela, causando-lhe grande constrangimento. — Hoje, ouvi um nunca acabar de poesias, e notei uma coisa curiosa: todas elas tinham alguma coisa a ver com peixes. Por que será que as criaturas daqui gostam tanto de peixes?

— Já que tocou nesse assunto — respondeu a Rainha Preta, segredando em seu ouvido, — fique sabendo que a Rainha Branca conhece uma charada interessantíssima a propósito de peixes. É toda em versos. Quer escutá-la?

— Sua Majestade Preta foi muito gentil em mencionar esse fato — disse a Rainha Branca, segredando no outro ouvido de Alice, numa voz que lembrava arrulho de pomba. — Terei o maior prazer em lhe mostrar a charada. Quer ouvir?

— O prazer será meu.

A Rainha Branca abriu um sorriso largo e satisfeito, beliscou carinhosamente a bochecha de Alice e então recitou:

Primeiro, pesque-se o peixe.
Isso é fácil, um bebê pode fazer.
Depois, na vitrine o deixe:
É desse modo que o poderão vender.

Após, ao forno, e depressa.
Isso é fácil, pois ele já está aquecido.
Ponha-o depois na travessa:
É desse modo que ele será servido.

Pois sirva-se o peixe, então.
Isso é fácil, é só levá-lo até a mesa.
Destampe esse peixe, irmão!
Isso é difícil, não tenho tal destreza!

A tampa não quer abrir!
Puseram grude nela, e ela está colada!
Então, o que descobrir:
A travessa, ou a resposta da charada?

— Fique aí pensando durante um minuto, até achar a resposta — disse a Rainha Preta. — Nesse ínterim, beberemos à sua saúde. À saúde da Rainha Alice!

Todos os convidados ergueram suas taças e começaram a beber, alguns de maneira bem estranha: pondo a taça de borco sobre a cabeça, como se fossem abafadores de vela, tentando colher com a língua o líquido que lhes escorria pelas faces; outros, deitando a garrafa sobre a mesa, e esperando que a bebida escorresse pelas bordas, aparando-a com a boca aberta; três deles, parecendo cangurus, enfiaram as caras na travessa de carne de carneiro e começaram a lamber avidamente o molho, como se fossem porcos fuçando um cocho.

— E então — disse-lhe a Rainha Preta, — não vai agradecer? Vamos lá, faça um discurso caprichado.

— Estamos prontas a ajudá-la no que for preciso — incentivou a Rainha Branca, enquanto Alice se levantava para agradecer a homenagem, sentindo-se um tanto intimidada.

— Obrigada pelo apoio — disse ela em voz baixa para a Rainha Branca, — mas não preciso de ajuda.

— Nada disso! — protestou a Rainha Preta. — Nem pense em dispensar nossa ajuda. Todo o mundo precisa de um empurrãozinho.

("E você precisava de ver os empurrõezinhos que as duas me deram", disse ela mais tarde, ao relatar sua história para a irmã. "Até parecia que queriam deixar-me achatada!")

De fato, era difícil para ela conservar-se em seu lugar enquanto discursava, porque as duas Rainhas a empurravam sem parar, cada uma de um lado, chegando quase a erguê-la no ar.

— Quero erguer um brinde a todos vocês — dizia ela, erguendo não um brinde, mas ela própria, empurrada pelas duas Rainhas, obrigando-a a segurar a borda da mesa para manter-se numa altura conveniente.

— Cuidado! — gritou de repente a Rainha Branca, segurando os cabelos de Alice com ambas as mãos. — Alguma coisa estranha está para acontecer!

E aconteceu mesmo, conforme contou Alice mais tarde. De repente, coisas estranhíssimas começaram a se suceder: as velas espicharam, chegando até o teto, deixando a sala com o aspecto de um estranho canavial, com a parte de cima em chamas. Já quanto às garrafas, cada qual prendeu um par de bandejas em si mesma, como se fossem asas, e um par de garfos, como se fossem pernas, e, depois de dar uma corridinha, puseram-se a voar por entre as velas enormes, lembrando uma revoada de pássaros de vidro, conforme Alice teve tempo de pensar, em meio à tremenda confusão reinante.

Nesse instante, ela escutou um riso rouco, vindo do lado onde estava a Rainha Branca. Olhou para ver por que ela estaria rindo daquele modo estranho, mas, em vez de vê-la, avistou foi um pernil de carneiro sentado na cadeira.

— Estou aqui! — gritou uma voz, vinda da terrina de sopa.

Alice olhou, a tempo de ver desaparecer dentro da sopa o rosto sorridente da Rainha Branca.

Não havia um momento a perder. Diversos hóspedes já tinham sido engolidos pelas terrinas e travessas, enquanto uma enorme concha passava de cadeira em cadeira, aproximando-se da que Alice ocupava e fazendo-lhe sinais impacientes para que saísse dali o mais rápido que pudesse.

— Chega! — gritou Alice. — Não agüento mais!

E, para dar um basta à confusão, segurou a toalha com ambas as mãos, deu um puxão e, no instante seguinte, pratos, bandejas, travessas, talheres, convidados e castiçais caíam no chão, espatifando-se de modo barulhento.

— E quanto a você... — disse ela ameaçadoramente para a Rainha Preta, a quem considerava a causa de toda aquela confusão — mas... onde está você?

A Rainha Preta não estava mais a seu lado. Tinha sido reduzida ao tamanho de uma bonequinha, e agora corria alegremente em cima da mesa, perseguindo seu xale, que rastejava velozmente, sem se deixar agarrar. Fosse outra ocasião, e Alice ficaria boquiaberta ante aquela cena inusitada. Naquele momento, porém, achou tudo aquilo muito natural, voltando a repetir ameaçadoramente:

— Quanto a você — e agarrou-a no exato momento em que ela saltava sobre uma garrafa que estava deitada sobre a mesa, — vou sacudi-la, até que se transforme numa gatinha!

Capítulo 10

Sacudindo

Agarrando a Rainha com ambas as mãos, começou a sacudi-la com força, para a frente e para trás. A Rainha não opôs resistência alguma, mas seu rosto foi diminuindo e seus olhos crescendo e ficando verdes. À medida que Alice não parava de sacudi-la, começou a ficar cada vez mais peludinha, rechonchuda, fofa e gostosa de pegar, até que...

Capítulo 11

Despertando

... se viu que ela era mesmo uma gatinha!

Capítulo 12

De Quem Foi o Sonho?

Sua Majestade Preta não deveria ronronar tão alto — disse Alice, esfregando os olhos e dirigindo-se a Kitty, em tom respeitoso, mas severo. — Seu ronrom despertou-me de um lindo sonho, e você chegou a fazer parte dele, minha queridinha. Imagine onde estivemos: do lado de lá do espelho, sabia?

Conforme Alice já havia notado há tempos, todo gatinho tem o hábito inconveniente de ronronar sempre que alguém está falando com ele, qualquer que seja o assunto. "Se eles tivessem um tipo de ronrom para dizer sim, e outro para dizer não", costumava dizer, "daria para estabelecer algum tipo de conversação. Mas como é possível dialogar com alguém que só sabe dar a mesma resposta, sempre e sempre?"

No momento em que se passa esta história, Kitty apenas ronronou, sendo impossível adivinhar se aquilo significaria "sim" ou "não".

Remexendo entre as peças de xadrez espalhadas pela mesa, a menina encontrou a Rainha Preta. Então, ajoelhando-se no tapete, pôs lado a lado a peça e a gatinha, examinando-as detidamente, até que, abrindo um sorriso, bateu palmas e falou:

— Confesse, Kitty, confesse que você se transformou nela durante o meu sonho!

("Ela não quis, de modo algum, encarar a Rainha Preta", disse ela mais tarde para sua irmã. "Virava a cabeça para o lado, fingindo que não estava vendo, mas eu pude notar que ela estava meio envergonhada. Por isso, não tenho dúvida alguma de que ela era, de fato, a Rainha.")

— Sente-se mais ereta, queridinha — ordenou Alice, rindo alegremente, — e faça uma curvatura de cabeça, enquanto pensa no que vai me dizer, ou melhor, no que me vai ronronar. Com isso, você ganha tempo.

Em seguida, erguendo a gatinha, beijou-lhe o focinho e disse:

— Este beijinho foi em homenagem ao tempo em que você esteve representando o papel de rainha!

Logo depois, olhando para o lado onde até pouco tempo atrás Diná estava dando um banho na outra gatinha, falou:

— Ah, Bolinha de Neve, gracinha! Será que Diná já terminou seu banho? Parece que não, pois você... você, não, Vossa Majestade Branca está toda amarfanhada. Ei,

Diná, sabe que você está lambendo uma rainha? Sim, uma Rainha Branca! Não acha isso uma tremenda falta de respeito?

Depois de encontrar uma posição mais confortável, apoiando o cotovelo no tapete e o queixo na mão, virou-se para Diná e perguntou:

— E você, Diná, que papel representou no meu sonho? Quem sabe você era o Osvaldo Oval? É, acho que era você... Mas como não tenho certeza, é melhor não comentar isso com seus amigos, ouviu?

... A propósito, Kitty, se você de fato esteve comigo nesse sonho, deve ter gostado muito de uma coisa: todas as poesias que escutei, e não foram poucas, tinham a ver com peixes! Por isso, vou-lhe proporcionar amanhã uma refeição maravilhosa: enquanto você estiver comendo, recitarei "A Morsa e o Carpinteiro", e você poderá imaginar que estará comendo ostras, queridinha!

... Mas ainda não chegamos a uma conclusão sobre quem foi que sonhou, não é, Kitty? Trata-se de uma questão muito séria! Isso não é hora de ficar lambendo as patas, como se Diná não lhe tivesse dado um bom banho hoje pela manhã! Raciocine comigo: ou fui eu que sonhei, ou foi o Rei Preto. Ele fez parte do meu sonho, é bem verdade, mas eu também fiz parte do sonho dele! E então, Kitty, quem foi que sonhou? Lembre-se de que você era casada com ele no sonho; por isso, deve saber a verdade. Vamos, Kitty, ajude-me a chegar a uma conclusão. Estou certa de que sua pata pode esperar.

Ao invés de responder, a displicente gatinha pôs-se a lamber a outra pata, fingindo que nada tinha a ver com o problema.

E você: que tem a dizer a respeito desse assunto?

(As iniciais dos versos formam o nome de
ALICE PLEASANCE LIDDELL)

A canoa prosseguia
Lenta, enquanto o sol ardia
Inclemente nesse dia.

Crianças no banco estavam.
Eram três, nada falavam,
Pois uma história esperavam.

Longe estão essas lembranças:
Essa canoa, as crianças,
As águas, em ondas mansas...

Seguindo ignoradas trilhas,
Alice percorre milhas
No País das Maravilhas.

Contos de fadas nos fazem
Esquecer mágoas, e trazem
Lembranças que nos comprazem.

Inverno vem: lá se vão
Dias quentes de verão;
Depois, porém, voltarão.

Esqueça viver tristonho.
Lamentar-se é algo enfadonho.
Leve a vida como um sonho!

AS AVENTURAS DE ALICE NO PAÍS DAS MARAVILHAS de Lewis Carrol é o número 2 da coleção Obras-primas da Literatura Infanto-Juvenil. Impresso na Sografe Editora e Gráfica Ltda., à rua Alcobaça, 745 - Belo Horizonte, para a Villa Rica Editoras, à Rua São Geraldo, 53 - Belo Horizonte - MG. No catálogo geral leva o número 02084/0B. ISBN: 85-7344-264-6.